小説 仮面ライダーW

～Zを継ぐ者～

三条　陸

講談社キャラクター文庫 011

「仮面ライダーW」を愛するみなさんへ

この小説をあなたの地球《ほし》の本棚に寄贈します。
「B」と「Y」の間に置いて、末永く閲覧していただければ幸いです。

三条　陸

序章

異形の犯罪者を追いつめたとき、「ぼくたち」は二人で一人だった。

風都《ふうと》。

たえず善と悪の風の渦巻く街。

輝くイルミネーションとともに、巨大な風都タワーの風車が遠方で回っている。

夜の街の動脈ともいうべきセントラルブリッジ。

その最上部に犯罪者は着地した。

ブルルルッ、と荒く息を吐き、周囲を窺《うかが》う。

彼の姿を一言で言うならば「シマウマ人間」だろう。

顔は馬そのもの、しかも全身には黒と白のストライプが走っている。

筋肉が複雑に隆起した肉体は人間のそれとはまったく違う構造に変質していた。

風都を荒らす怪物……ドーパントと呼ばれる「ぼくたち」の宿敵だ。

眼下には無数の自動車が走っている。

アーチ型のブリッジの最上部までの高度はおよそ二十メートルといったところだろうか。ここに跳躍《ちょうやく》してきた時点で彼がすでに人間を超えた力を持っていることがわかる。

「……捕まるもんかよ……」

吐き捨てるようにゼブラ・ドーパントがつぶやいた。

そのとき、ヒュウと静かに一陣の風が吹いた。

自分を通り過ぎるそれを感じ、ゼブラは背後を振り向いた。

「次の瞬間、捕まる奴の台詞《せりふ》だぜ。それは……」

鋭い二本の触角を立てた、輝く赤い瞳の超人の影が腕を組んで立っていた。

ゼブラが目を見開いた。一歩踏み出した超人はその全身を見せた。

中央に走る銀のラインから左右にスパッと色が分かれた、強化皮膚に全身を覆われたような戦士だった。

身体の右半身がメタリックな緑、左半身はマットな黒。

ほぼ人体に即したシンプルなプロポーションをしているが、複眼状の巨大な目とV字型の銀の触角、そして右肩から伸びた銀のマフラーが目立つ。

その中でもひときわ印象を残すのがWの文字のようなベルトのバックルだ。

全身の中で唯一複雑な形状を持つメカニカルなベルト。

その両端には半透明の緑と黒の力の源・ガイアメモリが装塡《そうてん》されていた。

これがドーパントの追跡者・W《ダブル》なのだ。

ぼくと相棒が一つになった姿だ。

「ふざけるな、俺にはまだやることがある！」

「この街への懺悔《ざんげ》以外、これからおまえがやることなんか一つもねえ」

今、しゃべったのはぼくではない。

ぼくと一つになっている相棒のほうだ。

Wはぼくたち二人の融合変身した姿なのだが、このシステムを他人に理解してもらうのはなかなか容易ではない。

瞬間、ゼブラが動いた。

尋常でないスピードで前蹴りを放ってきた。

むっ、となってWはスウェーでそれをかわす。

目がくらむような鉄橋の最上部で両者の攻防が続いた。

これはゼブラには分の悪い勝負だ。

この緑と黒のWの形態はサイクロンジョーカーと呼ばれるもので、速さと格闘能力を併せ持つ形態なのだ。

いかに相手がシマウマ人間でもそれが肉弾戦である限り、今のWにはかなわない。

「へっ、どうした。シマウマ野郎」

《油断は禁物だ。こういう相手は追いつめられると被害を拡大する傾向が強い》

今、しゃべったのがぼくだ。Wの脳内に響く声だった。

ぼくたち二人はガイアメモリとベルトの力でWになっている。

その際、相棒の肉体に、メモリと同化したぼくの精神が融合するのだ。

つまり今は相棒の身体にぼくの心も同居している状態、と言えば理解できるだろうか。


突然、ゼブラが身を翻し、眼下に飛び降りた。

だが、ぼくが忠告しただけの甲斐《かい》はあった。

相棒は敵の行動に機敏に反応した。

眼下に落ちたゼブラをそのまま追わずに、彼の動きを先読みして前方に向けて走った。

《さすがだね。メモリをメタルに》

「わかってるって」

Wは落下していくゼブラの位置よりかなり先までアーチの上を走り、そこから対向車線側に飛び降りた。

相棒の左手が素早く黒のメモリ・ジョーカーを引き抜くと、銀のメモリに差し替える。

「メタル！」「サイクロンメタル！」

プログラムされているガイダンス用のボイスが響き、Wの左半身が銀色に変わった。

銀のメモリは「メタル」。超怪力と強靱《きょうじん》な外装を与えるガイアメモリだ。

Wは落下しながら緑と銀の戦士・サイクロンメタルとなった。

ドスン!
衝撃音とともに通行していたオープンカーにゼブラが着地した。
運転していた男性が信じられない事態に仰天し、車のコントロールを乱した。
周囲の車もそれを回避するためにパニックに陥った。
クラクションが響き渡り、アクション映画のスタントシーンのような場面が展開した。
ゼブラは男の首筋をつかもうと手を伸ばした。
運転者を人質にするつもりだったのだろう。
だがそれより早く前方からの対向車に立つ人影に気づき目を見張った。
そこには走行するトラックの荷台に立った「ぼくたち」……Wがいた。
Wサイクロンメタルは必殺武器である特殊金属棒・メタルシャフトを構えていた。
「メタル・マキシマムドライブ!」
そこにメタルメモリを装填、最大出力発揮を示すガイダンスボイスが響いた。
「《メタルツイスター!》」
ぼくと相棒の声がハモった。
メモリの力を受けたシャフトが猛烈な旋風のパワーを発揮し、振動した。
ふるわれたWのシャフトの一撃が炸裂《さくれつ》した。

ものすごい衝撃音がした。

対向車同士のカウンター効果も手伝って、みごとにゼブラ「だけ」を吹っ飛ばした。

絶叫と爆炎をあげながら、ゼブラは車から弾《はじ》かれ路面に落ちた。

「……よっと」

Wはつかんだ犯人を安全な歩道へ降ろした。

彼は人間の姿に戻っていた。

その身体から破損したグロテスクなガイアメモリが落ち、地面で完全に砕けた。

これが「ゼブラ」のメモリであったことは間違いない。

犯人はガイアメモリを身体に刺し、人間を捨て、その超人的な能力で犯罪に走ったのだ。

周囲を囲んだ人間たちからどよめきが漏れた。

すでにブリッジの上は停車した車両や集まったギャラリーたちで騒然としていた。

「あとは警察の仕事だ」

Wは特殊携帯電話機・スタッグフォンを操作した。

警察への通報以外に、相棒はもう一つの操作を済ませていた。

エンジン音に一同が振り向くと、そこには一台のオートバイが自動操縦で駆けつけていた。

ハードボイルダーと相棒が命名した、Wの専用マシンだ。

ジャンプしてまたがり、Wはマシンをその場でスピンターンさせた。

「……仮面ライダー」

さっきWが着地したトラックの運転手がつぶやいた。

Wはフフッと嬉《うれ》しそうに笑うと振り向いて指でサインを送った。

「ご協力、ありがとう。安全な夜を」

爆音とともにWのバイクは車の間をすり抜け、去っていった。

「仮面ライダー」と口々に呼ぶ、人々の声がぼくたちの耳に届き続けている気がしていた。


数分後、ぼくたち……Wは埠頭《ふとう》の一角に来ていた。

パトカーのライトが明滅する橋の様子を離れた場所から見つめていた。

「一件落着だな……」

《ああ。お疲れさま》

Wがベルトを閉じた。変身が解除され、その姿はぼくの相棒に戻った。
黒い上下を着込んだ、シャープな顔立ちの青年。
キザな仕草で大きな鍔《つば》付きの帽子をキュッと整えた。
ぼくの相棒、私立探偵・左《ひだり》翔《しょう》太《た》郎《ろう》である。

一方、ぼくはハッと目を覚ました。
そこは巨大な薄暗いガレージだった。
Wの巨大装甲車・リボルギャリーが待機状態で置かれている。
ここは翔太郎が師匠・鳴《なる》海《み》荘《そう》吉《きち》から受け継いだ鳴海探偵事務所の奥にある隠し部屋だ。
ぼくの部屋、といっても構わないだろう。
今、翔太郎の身体と融合していたぼくの意識が戻ってきたのだ。
Wに変身するとぼくはどこでも魂が抜けたようにダウンしてしまう。
このガレージで変身するのがいちばん安全なのだ。
ぼくはいつもどおり卓上の手鏡を見て自分の姿を確認した。
倒れたとき、妙なところをぶつけたりしていないか、調べるのである。
ふむ、今回は別段大きな外傷は無い。
お気に入りのストライプのシャツ、グリーンのロングベストも切れたりしていない。

跳ね上がった髪の毛を留めるための文房具のクリップが一つ見当たらなかった。

仕方ないので付近の書類を束ねていた同タイプのものをそのまま使った。

こうして髪留めに適当な身近の物を使う癖がついたのを思い出した。

《ん？　どうした、どっかぶつけたか？》

「いや、問題ない」

翔太郎の声が頭に響いた。

ベルトを装着しているおかげである。

このWに変身するためのベルト・ダブルドライバーを装着しているとき、ぼくと翔太郎は意識がつながった状態なのだ。Wにならなくても脳内会話が可能なのである。

「翔太郎。今日の判断はみごとだったよ。先回りして倒すだけでなく、ちゃんとWの落下場所に衝撃を受けにくい大型トラックを選んだ。ぼくが指示するまでもなくね」

《へへっ、少しは相棒のやり方がしみてきたってことだな、フィリップ》

フィリップ……ぼくの名前だ。

本当の名前は知らない。翔太郎の師・鳴海荘吉がつけてくれた名前だ。

ぼくはかつてある巨大組織に囲われ、ガイアメモリの生産に関わっていた。

過去の記憶を奪われたぼくは科学の人形だった。

メモリが持つ効力が人体にどう反映するか、それの追求にしか興味が無かった。

そのぼくに人の心をよみがえらせてくれたのが鳴海荘吉だった。

彼はぼくを救出するために翔太郎とともに組織の拠点に乗り込み、その命を散らした。

翔太郎はそれを自分の未熟さのせいといまだに悔《く》いている。

たった一夜の出会いだったが、鳴海荘吉はぼくにとっても父に等しい。

一人の人間としてのぼくを生んだのはまぎれもなく彼だった。

その脱出の夜、ぼくたちは初めてWになった。

ぼくと翔太郎は鳴海荘吉の遺志を受け継ぎ、探偵として街を守り続ける決意をした。

それはぼくたちの贖罪《しょくざい》なのだ。背負った罪は消えることは無いが街の災いの炎を消すことぐらいはできる。二人で一人の探偵・仮面ライダーWとして。


ぼくたちはいつしかお互いを「相棒」と呼ぶようになった。

どちらから呼びはじめたのかは定かではない。

たしか翔太郎がそう言ってきてくれたと記憶しているが、彼にこの話を振ると顔を赤くして猛烈に否定するのでもう聞かないことにしている。

ぼくたちはダブルドライバーを使い、驚異の超人・Wになることができる。

加えてぼくの持つ「ある能力」が翔太郎の捜査のバックアップを果たす。

翔太郎が事件を追い、ぼくがそのメモリの力を解析する。
このガレージや事務所をほとんど動かずに翔太郎と事件を解決するもう一人の探偵。
すなわち、ぼくは安楽椅子《あんらくいす》探偵ということになるだろう。

「ゼブラのメモリの能力を記録しておきたい。早く戻ってくれないかい」
ぼくは翔太郎に呼びかけた。
《相変わらずだな。少しは街を守った余韻に浸らせろよ。
今、橋の上がパトカーの光でキラキラしてる。赤い泪橋《なみだばし》だぜ》
はじまった……ハードボイルド、という奴だ。
翔太郎の趣味性の中でも最も優先度の高いものだ。彼流に言うと、
『いかなる事態にも心揺れない、男の中の男の生き方』
それがハードボイルド、であるらしい。
ぼくもかなりこの言葉について調べてはみた。
探偵小説やバイオレンスアクションなどの一ジャンルであり、自分の感情を押し殺して
冷徹に目的を遂行する男たちの生き様だ。
まさに鳴海荘吉がそういう人物であり、ぼくにつけてくれた「フィリップ」という名も
彼が愛するハードボイルド小説の主人公の名前だった。

翔太郎は鳴海荘吉を敬愛するあまり、彼に近づこうと『ハードボイルド』を連呼する。

だがちょっと待ってほしい。「俺ってハードボイルドだぜ」と主人公が言ったとたん、それはハードボイルド小説では無くなる。コメディだ。

本物のハードボイルド・ガイは自分をハードボイルドとは言わないだろう。

すくなくとも左翔太郎は心優しく、どんな街の人間の嘆きにも同じ量の涙を流す、感情の起伏の大きい人間だ。彼ほどハードボイルドと真逆な性格の男はいないだろう。


……だから君はいつもハーフボイルド、とからかわれるんだよ……。

のど元まで出かかった言葉を引っ込めた。
最近ではこの背伸びも含めて翔太郎の魅力と感じている。
「わかった。見届けてから帰ってきたまえ、街が赤い涙を流しきるのをね」
《へへっ、さすが相棒、粋がわかってきたな。じゃ、またあとで》
ぼくらはベルトを外し、「心の交信」を終えた。
今にして思えばこのとき、ハーフボイルドとからかって戻らせたほうが良かった。
この直後、翔太郎を人生最大級の災厄《さいやく》が襲うとは、夢にも思っていなかった……。

前章

「Zを継ぐ者／名探偵交代」

1

「おっはよ――――っ!」

毎朝の良い目覚まし代わり。

聞いた者の耳から後頭部に突き抜けるような高音の声が響いた。

鳴海探偵事務所所長・鳴海亜樹子《あきこ》の登場である。

ぼくは事務所の入り口付近のソファに腰掛けて、本を読んでいた。

半分ウトウトしていた頭が彼女の声でシャキッと覚めた。

「おはよう、亜樹ちゃん」

「ヘイ、フィリップ君。朝刊でーす!」

彼女が入り口に差してあった新聞を投げてよこした。一面記事は当然ゼブラの事件だった。『サッカー選手、怪物化!?』

『またも仮面ライダーの活躍か?』の見出しが躍る。

いつもながらガイアメモリの事件の記事は疑問形だらけだ。

ゼブラ・ドーパントの正体はプロリーグ・風都ブルーゲイルのベテラン選手・財前勇一《ざいぜんゆういち》

だった。彼はガイアメモリの力でライバル選手を次々と負傷させた。年齢的に全日本選抜に残るための最後の年、という切迫感に追われたのだ。

『組織』が流通させているガイアメモリはぼくらのメモリのように安全ではない。それを刺したが最後、体内に毒素が逆流し、精神が蝕《むしば》まれてしまう。財前選手もいつしかライバルすべてを始末する殺人鬼へと変貌しつつあったのだ。ぼくらが昨日止めなかったら確実に多数の死者がでていただろう。

人間の心の弱みにつけ込み、自らの判断でメモリを購入させ、怪物となって暴走させる。

『組織』は高額の代金とともに、メモリの生きた実験データをも手に入れる。じつに良くできた悪魔の営みだ。嫌悪感が湧く。

その嫌悪は自分が過去に関わっていたという事実から来る。同時に不特定多数の悪意を増幅するという敵の巧妙なシステムに対する無力感でもあった。

メモリ流通の根源を破壊しない限り、この街の悲劇に終わりは無いのだ。

ぼくは多少憂鬱《ゆううつ》な表情をしていたようだ。

亜樹《あき》ちゃんがむにゅっとぼくの頬をいじった。

「何するんだい、亜樹ちゃん」ぼくは苦笑して言った。

「朝っぱらから不景気な顔してるんだもぉん。事務所の景気まで悪くなるよ」

「もともとあまり景気の良かったためしは無いよね、ウチの事務所は」

「だからこそスマイルよ。昨日も街を救った英雄の片割れでしょ、君は。

もっと笑え！　胸を張れい！」

亜樹ちゃんがぼくの胸をくすぐった。ぼくは強制的に笑わされた。

これだ。鳴海亜樹子はここがすごい。

ぼくの心の一瞬のかげりを見抜いたのだろう。まさにムードメイカーだ。

父・鳴海荘吉の探偵の遺伝子の一つ、直感力をたしかに受け継いでいる感じがする。

この事務所に現れたころの彼女はまったくの素人だったが、今ではすっかりぼくたちの
元締め役が板についている。

「あ、で、どーよ。英雄のもう半分は？」

「壮絶だよ。見るかい？」

ぼくは亜樹ちゃんを事務所隅のベッドのある場所まで連れていった。

「う！」

そこには翔太郎が横たわっていた。

メイクをしたわけでもないのに彼はゾンビ映画のエキストラ状態だった。

紫色に近い肌の色、くぼんで朦朧《もうろう》とした目、口にはマスクをつけていた。

「しょ、翔太郎君。大丈夫……？」

「ヴァ……ヴァギィゴォォ……ダズゲェグゥリャ……。

ゴホッ！　グボォォッ！」

翔太郎が猛烈に咳《せ》き込んだ。踊り食いされるエビのようにベッドで跳ねている。

「な、なんですと？　今なんと？」

「あ、亜樹子、助けてくれ。以下、咳き込む音……だね。

ぼくはすっかり聞き取れるようになったよ。

さっきゼブラの情報を聞き取ってレポートをまとめたから」

「これって風邪？　ドーパントにやられた、とかじゃなくて？」

「風邪だよ。翔太郎曰《いわ》く人生最大級の風邪、らしいけど」


ぼくは亜樹ちゃんに順を追って説明した。

昨夜あのあと、翔太郎はしばらく街の夜景を眺めていた。

そこに偶然現れたのが二人の女子高生・クイーンとエリザベスだ。

彼女たちは翔太郎の情報提供者で、学生ルートの裏情報などを提供してくれる仲間だ。

事件解決の解放感も手伝って、二人に誘われるままカラオケルームに向かった。

「事件解決を祝して、俺の相棒に捧《ささ》げるぜ！」

翔太郎はぼくの好きなアイドル・園咲若菜《そのざきわかな》の歌をデビュー曲から二十八曲全力熱唱した。

あまつさえ最新ヒット曲の「Ｎａｔｕｒａｌｌｙ」を三人で十回あまりも歌ったと言う。

これがまずかった。

そもそも事件のあったブリッジの付近はベイエリアだ。

潮風で翔太郎ののどはすでに多少痛んでいたのである。

夜中、カラオケから上機嫌で帰った翔太郎はすでに様子がおかしかった。

猛烈に咳き込み、高熱を発していた。

ぼくは仰天して、可能な限りの処置を試みた。

常備薬を飲ませ、なんとか落ち着き朝を迎えたが……。


「まあ現状はご覧のとおりさ。インフルエンザではなさそうだ。多少薬が効いてきてるけど、のどだけはもう壊滅的でね」

「自業自得《じごうじとく》だよお、それ。カッコつけて潮風にあたってたからじゃない」

「ウグッ」翔太郎が動揺した。

「だろうね。クイーンとエリザベスは全然平気だったらしいし」

「何が赤い泪橋じゃ。自分が涙目になってりゃ世話無いわよ、このハーフボイルドめ」

「ンダドオアギゴッ、ダリェガハーフボォ、ホォ、ルドダッゴラッ！

ゲホッ、ゲホッゲホォ！」

「い、今の獣《けもの》の遠吠《とおぼ》えは、なんと？」

「なんだと亜樹子、だれがハーフボイルドだ、こら。以下咳き込む音」

ベッドでは翔太郎の妙な踊りのような苦悶《くもん》がまたはじまっている。

「……はあ、こりゃ当分仕事は無理だね。

『バカは風邪ひかない伝説』はバイラス事件のときにもう崩れてたけど、ここまでひどいのはたしかに初めてだわ」

バイラス、というのはドーパントの名前だ。

この事件の解決時に風邪をひかないことが自慢だった翔太郎は初めてキツい風邪をひいた。

今回はそれを上回るキツさに感じる。

「普段バカは風邪をひかないが故《ゆえ》に、ひいたときにはバカみたいにひどい風邪になるということなのかもしれないな。じつに興味深い仮説だ。ゾクゾクするねえ」

翔太郎がまた壊れた作業機械のような声を出した。

が、もう聞き取る気もしない。

おそらく「バカバカ言うな」という類《たぐい》のことを言っているのだろう。

ぼくは翔太郎をからかってみたくなった。

事務所奥のデスク……鳴海荘吉から受け継いだ翔太郎の机に向かった。

どすっ、とそこに腰を下ろすと挑発的な笑みを浮かべながら、ぼくは言った。

「じゃあ、亜樹ちゃん。当分ぼくが左翔太郎になる、というのはどうかな？」

なぬっ、という顔で翔太郎が頭だけを上げた。

「いつもの役回りを交代するのさ。翔太郎が安楽椅子探偵。

ぼくが外に出る行動派。

それも……ハァード……ボイルドな……」

ぼくは思いっきりいつもの翔太郎のしゃべり方とオーバーなポーズを真似て言った。

亜樹ちゃんが吹いた。

「あはは、それいいよ！　フィリップ君のほうが絶対私も楽だわあ」

翔太郎は猛烈な抗議をはじめた。もちろん雑音のような声で。

「オ、アギゴォッ！」


そのときだ。じつに運命とは奇妙な物だ。

事務所の呼び鈴が鳴った。

「？　はいー、どうぞ」

亜樹ちゃんは扉に向かった。同時に開いた扉の先を見てぎくっとなった。

そこには黒ずくめの屈強な男たちがいた。

亜樹ちゃんは地上げ屋の類《たぐい》でも来たのだと思ったのだろう、あからさまな警戒のポーズをとった。

だが、中へ入ろうとする男たちを落ち着いた女性の声が制した。

「外で待ちなさい。私とお嬢様だけで良い」

毅然《きぜん》とした声に男たちはしたがい、ドアの前から去って行った。

「失礼しました」

一歩前に歩み出たのは初老の女性だった。

その身なりからかなり高貴な家柄に仕える人物であることは一目瞭然だった。

先ほどの発言から推測するに彼女の背後にいる「お嬢様」なる人物の侍女《じじょ》であろう。

「こちらの事務所にご依頼したい件があり、お邪魔しました」

「は、はあ、どんな依頼でしょう？」

まだ警戒心が解けきれてない亜樹ちゃんが中途半端なファイティングポーズのまま聞いた。

「私の主である、こちらのお嬢様……禅空寺香澄《ぜんくうじかすみ》様が直接の依頼人です。お話はお嬢様からお聞きください。さあ、お嬢様、どうぞ」

侍女の背後にいた少女が前へ一歩歩み出た。

……うわっ……。

口にこそしなかったがぼくたち事務所の三人が同時に心の中でそううめいた。

これはなんという美少女なのだろう。

特別に派手なファッションではない。

シンプルな白のドレスに小さな装飾品。

だがその内からにじみ出る「艶《つや》」のような物が彼女をひときわ鮮《あざ》やかに見せていた。

彫刻のような端正な顔立ち、束ねられた亜麻色の髪のしなやかさ。

どれをとっても「美しい」以上に的確な表現が見つからない。

中でもぼくがいちばん魅入られたのは彼女の瞳だった。

すべてが整った彼女の外観の中にあってこの目だけが一種の猛々しさを内包していた。

彼女は射すくめるような視線でぼくを見つめていた。

それが一瞬ぼくの判断を鈍らせた。

そもそも我が事務所の探偵は療養中だ。

そのことを説明しないと……。ぼくは半分腰を浮かせた。

「あの……じつは……」

だが、次の瞬間、ぼくは彼女の言葉の先制攻撃をまともに受けた。

「私、落胆しましたわ」

え？　一瞬ぼくの思考が止まった。

「名探偵と呼ばれたこちらの創設者の方が今不在とは伺《うかが》っています。

それでも若い後継者の方が立派にあとを継いでいらっしゃると聞いて来たのです。

でも、こんな線の細いお子様だったなんて。

正直、私の依頼を達成できるとは思えません」

ああ！　理解した。

彼女はぼくを左翔太郎だと勘違いしているのだ。

釈明しなければ……。

とはいえ、今ベッドでうねっているゾンビを「こっちが本物の名探偵です」と説明するのか？　さらなる不信感を招くこと請け合いだ。

「……その態度、場慣れした探偵さんにはとても見えませんわね」

さらに軽蔑のニュアンスを込めて禅空寺香澄と呼ばれた女性は続けた。

どうやら説明の言葉を模索《もさく》するぼくの態度がさらに彼女の癇《かん》に障ったようだ。

「お嬢様……」侍女が軽く制したが、彼女は止まらない。

「帰りましょう、弓岡《ゆみおか》。大きく時間を無駄にしたみたい。この人には私の事情を聞く資格もないと思うわ」

このとき、亜樹ちゃんが「あ！」という顔で何かを思い出したのが横目に見えた。


あとから聞いたところによると先日鳴海荘吉宛ての依頼の打診の電話があったという。現状の説明をし、今は後継者の左翔太郎が引き継いでいますと伝えたところ、相手は名前も言わずに切ったらしい。その声の主が目の前にいる初老の女性と気づいたのだ。

こちらの事情だけを調べて、アポ無しで直接来たというわけだ。


禅空寺香澄はひたすら侮蔑《ぶべつ》の目でぼくをにらみつけている。

なんだかムクムクと怒りが込み上げてきた。

いきなりなんという言い草なのだろう。

最初、彼女に目を奪われたことが逆に悔《くや》しく思えてきた。

急に頭がシュンと冷えた感じがして、ぼくの中の冷たい部分が目を覚ました。

「どうぞ。帰りたいならそのドアを開けて帰りたまえよ。君の問題は解決しないままだけど、構わないね？」

禅空寺香澄の目が小さく見開かれた。

「なんですって？」

「見たところ、君には財力も人脈もありそうだ。あんな屈強なボディガードを何人も雇っているんだから。そんな人種がこの鳴海探偵事務所のドアを叩《たた》く理由は一つしか無い。普通の力じゃ解決できない何かが起きたときだ」

そう、この探偵事務所は街ではある裏の顔で知られている。

亜樹ちゃんが言うところの「ガイアメモリ駆け込み寺」だ。

不可解なガイアメモリ犯罪に巻き込まれ、警察にすら救ってもらえなくなった風都の人間が最後にたどり着く場所として、我が事務所はすっかり定着しつつある。

「ぼくは常識を超えた犯罪の専門家だ。

そんな人間を一般常識の外見で評価しようとするのがそもそも間違いだし無礼だ。

依頼をする資格が無いのは君のほうじゃないのかい？」

ぼくからの思わぬ反撃に動揺したのか、かすかに禅空寺香澄の表情が乱れている。

弓岡と呼ばれた侍女のぼくを見る目が少し変わったように見えた。

「その非礼《ひれい》を詫《わ》びてくれるのなら君の依頼を聞こう。

嫌ならそのままドアへ戻りたまえ。

君のように少し気難しいドアだ。

ときどき内側から開けづらくなるが、少し持ち上げるような感じでノブを引いてもらえるとスムーズに開くよ」

ぼくはわざと突き放すように椅子に深く座り、視線をそらした。

禅空寺香澄はしばらく何やら思案していたが、やがてきりっと顔を上げ、言った。

「わかりました。

私の意見に関してはさほど無礼だとは思いません。

あなたの外見は子供じみているし、挙動もけっして落ち着いたようには見えなかった。

でも今の話を聞いて、一定以上の知識や洞察力があることはわかりました。

それを見抜けなかったことに対してだけ……謝《あやま》りましょう」

よく注意してみないとわからないぐらいの幅で、彼女の頭が前に下がった。

やれやれ、一つ謝ってもらうために三つぐらい侮辱された気がしてくる。

まったくどういう性格をしているのか……。

それでも彼女なりに謝罪のニュアンスが感じられる、と判断したぼくはもう一度向き直った。

「で、どんな依頼なのかな？」

案の定、それは明らかに人間の仕業とは思えない怪事件だった。

禅空寺香澄の口から事の顚末《てんまつ》が説明された。

禅空寺家は古くから風都海岸付近に広大な土地を所有する富豪一族であった。

周辺は山あり、海あり、それに挟《はさ》まれた村がありという自然に恵まれた場所である。

禅空寺一族は狩猟・林業・農業・漁業などさまざまな職を持ち、この地で暮らしを営んでいた。

そんな一族の長と呼ぶべき男が香澄の祖父・禅空寺義蔵《ぎぞう》であった。

義蔵はこの大自然の景観こそが財産と考え、一族の過剰な発展をけっして許さなかった。

香澄がまだ幼いころ、義蔵は八十年の生涯を終えた。

だが義蔵の一子、つまり香澄の父・禅空寺惣治《そうじ》は父の遺産を継ぐや、その商才を発揮、まったく違った歩みをはじめた。

付近のすべての一族の企業を買収、その多くが土地を追われた。

そして、ホテルを中心とした一大レジャーゾーンを設立したのである。

これがＺＥＮＯＮ《ゼノン》リゾートの誕生だった。

ＺＥＮＯＮとは「ＺＥＮ・ＯＮ」、すなわち「禅空寺オルガナイザー」の略称である。

今や風都市民ならばこの名を知らない人はいない。夏になると集中的に流れ出すＺＥＮ

ONリゾートのテレビCMはすでに風都の名物となりつつある。

はたして惣治の目論《もくろ》みは的中し、ZENONは風都最大のリゾート地として定着することとなった。またたく間に遊園地・巨大プール・アスレチックなどが併設され、莫大《ばくだい》な収益を生んだ。惣治は偉大なホテル王として君臨することとなった。

だが、先月その惣治も病気で急逝《きゅうせい》してしまった。

遺産と土地、施設などは残された香澄と彼女の兄弟に分配されることになった。

そのときから、事件ははじまった。


「祖父が……墓場からよみがえってきたのです」

「ええっ？　は、墓場？」

亜樹ちゃんが怪訝《けげん》な顔で聞き返した。

「すくなくとも脅迫者はそう名乗っています。自分は禅空寺義蔵である、と。

最初の事件はホテルのパーティー会場でした。

父に代わって兄がCEOに就任する、その祝賀会の会場のステージが倒壊《とうかい》したのです」

禅空寺香澄が写真を見せた。倒壊後の様子を写した物だった。

「兄は軽傷ですみましたが、怪我人が多数出ました。

その現場にこれが……」

別の写真には引き裂かれ壁に打ち付けられたZENONリゾートの旗。

そこに書かれた文字が映し出されていた。

ぼくは声に出して読んだ。

「我、墓場よりよみがえりし
堕落《だらく》の一族、制裁を受けよ　　　禅空寺義蔵」

禍々《まがまが》しい、癖《くせ》の強い筆文字だった。

「すごく、おじいさまの字に似ているそうです……。

次に姉が所有することになるシーサイド遊園地で、遊覧船が沈没しました」

また数枚の写真が出された。

沈んでいく大型遊覧船の様子。

そして、引き揚げられたときの写真。船腹に巨大な穴が空いていた。

彼女は次々と写真を見せ続けた。

その数日後にはホテル横の本社ビルが襲われた。

警備員が全員負傷し、最上階の会議室にあった新たな施設の完成予想模型が粉々にされた。

移動中の兄、姉が落石などに見舞われる事件もあり、おびただしい数の警護がつくようになった。

「脅迫者の攻撃が次第に人間離れしていっている……」

「あのゴッツイ人たちの数も納得だね……」亜樹ちゃんがドアのほうを見た。

「依頼したいことは私たちのボディガードではありません。あなたには無理でしょうし、充分間に合ってます。

それよりも……」

「この謎の脅迫者の正体をつきとめてほしい、だろう？　もちろん理解している。それと今の警備を充分だとは思わないことだ。相手がガイアメモリを使っているとしたら軍隊が守っていても安全ではないよ」

ぼくは禅空寺香澄と鋭い視線を交わし合った。

いけない、どうも相手に合わせて一言多くなってしまう。

「依頼を受けていただけるのでしたら、風都海岸のＺＥＮＯＮホテルまで来てください。一応、調査をするには兄たちの許可も得なくてはなりません。兄たちは変わり者ですから、多少不快な思いをするかもしれませんが」

まるで自分が普通で、不快でないかのような言い方だ。

彼女より上がいるのかと思うとたしかに気が重くなる。

「大見得を切ったのですから、当然来ていただけますよね、左翔太郎さん」

あとには引けなくなった。

「問題ない。のちほど伺《うかが》う」

「…………」

一瞬の沈黙の後、禅空寺香澄はまた判別できないほどの軽い会釈をした。

彼女はそのままきびすを返し去っていった。

「ありがとうございます」

弓岡と呼ばれた侍女もそう言って一礼し、その場を去った。

事務所が一気に静かになり、ぼくと亜樹ちゃんはふう、と息をついた。


帰り際、禅空寺香澄がドアノブを軽く持ち上げるようにして開けていたのをぼくは見逃さなかった。ぼくの話をちゃんと覚えていたようだ。

彼女の依頼説明もじつに明瞭だった。

その要点を得た話し方と、印象の残し方は高い知性の表れと言えるだろう。

もう少し他人への配慮があったら文句無しの才女なのに、と思わざるを得ない。

「受けちゃったねえ、フィリップ君……」

亜樹ちゃんが問うような目つきでぼくを見てきた。

そうだった、依頼を受けてしまった。

「オイ、ブィリッフウウ……」

不気味なうめき声にぼくたちはハタと気がついてベッドを見た。

そこには断末魔のように手を伸ばしている翔太郎がいた。

そうだ、彼は依頼の途中から完全に物と化していた。

本来ならばものすごく咳き込むところをあえて我慢してくれていたのだろう。悪いことをした。

「オマッ……エ……マザカ」

「ああ、そうとも、今回だけは本当に君の代わりを務めさせてもらう」

何っ！　となって翔太郎が跳ね起きた。だがふらつくのか反対側に倒れた。

「あーもー、おとなしくしてなよぉ、翔太郎君」

「悪いがどうにもあとに引けなくなった。

いまさら本人ではないと彼女に言い訳するのも嫌《いや》だ」

「オマッ……ヴォマエナァ……」

「それにこの事件はかなり異常だ。急を要すると思う。

依頼人は癪に障るが、彼女たちだって風都の人間だ。

街の涙は捨て置かない。それがぼくたちWだろう?」

「ウッ」翔太郎が黙った。それを言われると弱い、という顔だ。

「大丈夫だよ、きっと」

亜樹ちゃんが無責任に太鼓判を押した。

「っていうか逆にいつもよりスムーズに行くと思うな、私は」

「ヴェッ？　オ、アギゴォ！」

翔太郎の猛抗議がはじまった。もちろん亜樹ちゃんには理解しようがない。

ぼくが解読した限りではおおむねこんな内容だった。


――亜樹子、適当なこと言うな。

俺の代わりがフィリップに務まるわけが無いだろう。

そもそもフィリップが組織に狙われてるのを忘れたのか。云々《うんぬん》。


「今ならファングやエクストリームもいる。

組織に狙われてもかなり対処できるさ」

ファング、エクストリームとは当初ぼくたちが所持していたサイクロン・ジョーカー・ヒート・メタル・ルナ・トリガーの六本に新しく加わった強化装備の新メモリだ。

このファングとエクストリームに共通する特徴は「ぼくたちが所持していない」という

ことである。ライブモードと呼ばれる動物形態から可変するメモリで、それ自体が独立した思考プログラムを持っている。

彼らはぼくらの危機に際し、自動的に駆けつける用心棒のような存在だ。

とくにエクストリームは強力だ。

ぼくたち二人は究極のWともいうべき力を最近手に入れたばかりだった。

それもこのメモリの導きによるものだ。


「君は安静にしていたまえ。鳴海探偵事務所の名誉はぼくが守るよ」

ぼくはまだ何か言い続けている翔太郎をよそに事務所隅のクロークに向かった。

中を開くとそこには翔太郎の帽子のコレクションがつまっていた。

何か帽子をかぶっていこう、と思い立ったのだ。

いくら頼れる用心棒がいるとはいえ、多少は人目に気をつけたほうがいい。

ましてやガイアメモリ犯罪者はどこで組織とつながっているかわからない。

翔太郎の怒りがさらにヒートしたようだ。わめき声が聞こえる。

翔太郎にとっての帽子とは「一人前の男」の証だ。

師・鳴海荘吉から受け継いだポリシーの一つである。

おまえごときが、とぼくに対して思う気持ちもよくわかるが、これはそういう精神的な物とは意味合いが違うのだ。

声を無視してぼくは中を物色し続けた。

そのとき、いくつもの帽子の奥にウインドスケール社製のカジュアルハットを一つ見つけた。ちょっと鍔《つば》が長めのハンチングベレーのような形の物だ。

買ったはいいがあまり翔太郎が気に入らなかった物に違いない。

かぶって鏡を見てみると、ベージュに淡いグリーンのラインが入ったデザインが、ぼくの着ている服のカラーにも妙にマッチしていた。

「おー、いいんじゃない？　探偵っぽいよ」亜樹ちゃんが楽しげにぼくを見た。

自分でも意外と似合っていると思えた。なかなかに新鮮な気がする。

ぼくは目元が隠れるように深々と鍔《つば》を下げた。

よし、これで行こう。

代理版・左翔太郎の完成だ。

2

猛スピードで左右に流れる緑の中をぼくの操るハードボイルダーが走っていた。

ぼくの後ろには亜樹ちゃんがしがみついている。

高地のハイウェイの最頂点付近、道路脇に休憩用のスペースのある場所を発見した。

すでに数台の乗用車などが停車し、一休みしている。

ぼくはバイクを止めた。

「うほあー！　フィリップ君もあれ！　あれ見そ！」

ぼくより素早くバイクから降りていた亜樹ちゃんが眼下の風景を見て子供のように指差している。近づいてその方角を見たぼくも眼下に広がる景観に驚嘆《きょうたん》した。

素晴らしい海岸線の眺めだった。

その両端に巨大なZENONホテルとシーサイド遊園地が配置され、その他の施設が周囲の緑の中にも点在している。

「こっから！　このぐらいまででしょ？　禅空寺一族の所有地。

気が遠くなるような広さだよねえ」

亜樹ちゃんが指し示した範囲は周囲の山間部も含んだ海岸付近の全域だった。

このハイウェイを下ったらもうそこからすべては禅空寺家の敷地内ということになる。

ぼくたちは事前に禅空寺家の情報をあらかた収集していた。


禅空寺の兄弟たちは三人。


長兄は禅空寺俊英《としひで》・三十歳。

ＺＥＮＯＮホテルを主幹とした近隣の施設を管理するＣＥＯである。

父・惣治の商才の部分を最も色濃く受け継いでいる人物であるらしい。

妻は朝美《あさみ》・二十五歳。子供はいない。


長女は禅空寺麗子《れいこ》・二十四歳。

本業はモデル。自らＺＥＮＯＮ関連のイメージガールを担当している。

風都市民おなじみのテレビＣＭに出ているセクシーな美女がそもそも彼女だった。

広報担当的な立場ながら、遊園地・プールなどいくつかのアミューズメントの責任者でもある。


そして末っ子の次女が禅空寺香澄・十八歳。女子大生である。

未成年であるためか、まだ預かっているZENONの施設は無い。

亜樹ちゃんが急場でかき集めた資料の顔写真で見る限りでは三人とも相当な美男美女ぞろいだった。これは彼らの父・禅空寺惣治も同様である。

だが、今回脅迫者が名を騙《かた》っている禅空寺義蔵の顔写真の類《たぐい》は見つけることができなかった。多くの逸話を残す伝説の男は、自分の肖像を残さない男でもあった。

写真などに撮られるのを極端に嫌ったという話だ。

もちろん義蔵がじつはまだ生きていて、という可能性もゼロとはいえない。

老人が怪物的な力を持って暴れることもガイアメモリの力があれば可能だ。

これがメモリ犯罪のやっかいなところだ。

ドーパントにかかるとあらゆる犯罪捜査の常識が覆される。

液体化する犯人なら密室を抜けることも簡単にできてしまう。

分身できる犯人ならアリバイ工作も自在にできるだろう。

既成の捜査方法が通用せず、したがって犯罪として立件できない。

そのすさまじい超能力が全長十五センチにも満たない小さな物体で行えるところがまた問題だ。

「凶器」としてこれほど小振りで隠しやすい物も無いからである。

眼下に広がる大自然が広大な戦場になる予感がした。

「行こう、亜樹ちゃん」ぼくは再びヘルメットをかぶった。


ぼくたちは三十五階建ての巨大なＺＥＮＯＮホテルに到着した。

駐車場にバイクを止め、ロビーに上がる。

フロントに名を告げると、ぼくたちの部屋がすでに用意されていた。

最上階の三五〇一号室。


ドアを開いて仰天した。

そこは一般人ではめったに泊まれないような特等室だった。

ここを調査の基点としていいらしい。当然宿泊費は向こう持ちである。

「すごぉい！　ハネムーンみたい！　とあーっ！」

絶叫してふかふかのベッドにダイブし続ける亜樹ちゃん。

その様子にぼくがやれやれとなったとき、

「お気に召しましたか？」

まだ開いていたドアの背後から声がした。

振り返るとそこに立っていたのは禅空寺俊英だった。

亜樹ちゃんがみっともない格好のまま、ベッドの上で硬直している。

「あなたは……禅空寺のご長男」

「よくご存知で。私が禅空寺家の長男・俊英です」

ぼくは彼に向き直って小さな違和感に「ん」となった。

その男は小さかった。

ぼくの身長が百七十五センチであることから判断すると、ギリギリ百六十センチぐらいだろうか。顔写真では身長まではわからなかった。

ぼくの一瞬の戸惑いを見抜かれたのか、かすかないらつきが男の目に走った。

「こう見えても、現在のZENONリゾートの最高責任者でしてね」

上目遣いで禅空寺俊英は冷笑した。

「こう見えても」の部分に異常に力がこもっていた。

「以後お見知り置きを……左君」

左……？　ああ、自分のことだ。

ぼくは差し伸べられた手を握り返した。

「私立探偵・左翔太郎です、よろしく。

彼女は所長の鳴海亜樹子」
いつの間にかそろーっとベッドから降りていた亜樹ちゃんが一礼した。
「施設内で調査をするにはあなたの賛同が必要と聞いています。
ご許可をいただきたい」
俊英は困惑したような苦笑いを浮かべた。
「？　ぼくが何かおかしなことを？」
「いえいえ失礼。そのためのご紹介は本来、香澄がすべきことですよね。
まったく依頼人のくせに探偵さんを放ったらかしとは」
言葉とは裏腹に謝罪の意志が感じられない。どこか嬉《うれ》しそうだ。
「すみませんねえ。香澄はあのとおりまだ子供でして。
あいつの酔狂《すいきょう》につき合わされて、さぞご迷惑でしょう」
「……迷惑とは思いません。聞いた話が本当なら恐ろしい事件だ」
「ふふふ、いやあ、真面目な少年探偵君ですね。
じつに香澄好みだ、君は……くくくっ」
今度はこっちがいらついてくる番だった。
この男はぼくを呼んだのが禅空寺香澄の道楽だと頭ごなしに決めつけている。
横目で見ると亜樹ちゃんもイライラしていたのか、バッグに手を突っ込んでいる。

ぼくはそれを目で制すると、平静を装いもう一度語りかけた。

「調査許可をいただけるかどうかだけ、先に伺《うかが》いたい」

自分の会話ペースを乱されるのが嫌なのか、多少嫌悪を顔に浮かべ、俊英は言った。

「もちろん許可しますよ。お名前は全セクションの担当に通達しておきます。今日は晩餐《ばんさん》をご用意してますから、のちほどぜひ屋敷にいらしてください。一族をご紹介します。事件の顚末《てんまつ》もお話しできるかと」

つかつかと俊英は窓に近づいた。

「見えますね、あそこが屋敷です。あの親子山の子山のほう」

見やると親子山の名のとおり、大きさに差のある二つの山があった。その低いほうの山頂近くにこの距離から見ても相当な敷地面積とわかる白い豪邸が見えた。

一方でぼくはもう一つの親山が気になっていた。

その山頂部には禅空寺の屋敷を見下ろすかのように鋭くそびえ立った黒い建築物があった。

屋敷なのか、教会なのか、この距離からはまったく識別できない。

「あちらの建物はなんです?」

ふん、とどうでも良さげに俊英が反応した。

おそらく自分の屋敷よりぼくの関心が黒い建物に行ったことが気に入らなかったのだろう。

だんだん理解してきた。禅空寺香澄もそうだが、この一族は自分のペースで事が運ばないことを非常に嫌う。権力者独特の傾向かもしれない。

「なんの価値もない、過去の遺物ですよ。では本日六時にお待ちしています」

俊英はそのまま立ち去った。

「なんっっっやねん、あのチビイケメン！　感じ悪っ！」

しばし後、突然亜樹ちゃんが雄叫びをあげた。

大阪出身の彼女は興奮すると関西弁でつっこんだりするのが特徴だ。

「まあまあ。禅空寺香澄を見ていればあらかた予想はつくことだろう？」

ぼくは亜樹ちゃんが手を突っ込んでいたバッグを改めて制した。

中には緑色のスリッパがぎっしり。

表面には金色の文字で「なんやて！」とか「ドヤ顔すんなや！」と書いてある。

亜樹ちゃんが握りしめていたのは「このボンボンが！」のスリッパだった。

彼女はつねにこれを持ち歩いていて絶妙なタイミングで人を叩《たた》く。

本人命名するところの「浪速《なにわ》のつっこみスリッパ」だ。

「お嬢様のほうが全然マシだよ。

あの笑い方！　トカゲみたいな目！　心底イラッとするわあ」


そのとき、亜樹ちゃんの携帯が鳴った。

「あ、弓岡さんから」

事務所に来た侍女・弓岡あずさからの連絡だった。

電話の向こうで俊英が来たことに対して、弓岡は小さな驚きの声をあげた。

本来は香澄の指示で弓岡がすべてを仕切り、一族に顔合わせするつもりでいたらしい。

俊英が先にここに現れたのは、彼の独断だった……。


ぼくと亜樹ちゃんが乗ったハードボイルダーが禅空寺の屋敷についたのは五時半を少し回ったころだった。少しずつ陽が暗くなり、周囲に夕闇が迫っていたころだ。

弓岡が迎えてくれた。

広大な庭園の中にぼくたちは案内された。

その前方に腕を組んだ禅空寺香澄がやや憮然《ぶぜん》とした表情で待っていた。

ぼくは歩み寄ると、彼女に向き直った。

「約束どおり伺《うかが》ったよ、禅空寺香澄さん」

「香澄でいいわ」

「じゃあ……香澄さん」

「私も名前で呼ばせてもらおうかしら。翔太郎君」

「翔太郎」とぼくが呼ばれるとなんとも妙な気分だ。

それにしてもさっそく「君」づけか。

まあやむを得まい。自分が童顔であることは自覚している。

「問題ない」

「……聞きました、兄のこと。あきれたわ。いつものことだけど。

私が最初に伝えたときには夕食会であなたを全員と会わせるよう命令したくせに……」

ぼくと事務所で会ったときよりも二割ほど不機嫌度が増した顔をしている。

「妹に対してフェアな接し方じゃないね」

「妹だから、よ。

兄や姉は……私の顔をつぶすためなら労を惜しまない」

そうか。一つ理解できた気がした。

彼女の他人に対するトゲの鋭さの理由を。

禅空寺の人々はこうして互いを牽制《けんせい》し合うのが日常なのだ。

彼女の攻撃性はそうして養われてきたのだろう。本人の意思とは無関係に。

「……なんなの、その目。

『おまえが言えた柄《がら》か』とでも言いたいの？」

ほら、もう攻めてきた。

彼女が鋭いのか、ぼくが顔に出やすいのか。

「そんなことは無い。たしかに君の会話も攻撃的だが悪意が無い。

禅空寺俊英とはそこが違うよ、香澄さん」

思ったとおりを言ってみた。

えっ、と彼女が一瞬困惑《こんわく》の表情を見せた。だがすぐさま視線を横にそらした。

「……ああそう。一応お世辞《せじ》と受け取っておくわ」

つかつかと彼女は先に屋敷のほうへ去っていってしまった。

「どうしたんだろう、彼女？」

ぼくは彼女の態度の変化の理由がわからなかった。

「ほほーう……うむうむ」

亜樹ちゃんが妙な目の輝きでぼくと香澄さんを見比べている。

「な、なんだい？」

「興味深い……ゾクゾクするねえ、むふふっ」

「人の口癖を取らないでくれよ。いったいなんなんだい？」

「いやいや本人に言うのはちょっとなー、んふっ……そうかあ……」

言葉の意味がまったく理解できない。

ぼくがもう一度、亜樹ちゃんに問いただそうとしたときだった。

突然夕闇が深まった。同時に空気の威圧感に襲われた。

危ない！

ぼくは反射的に行動した。

亜樹ちゃんに飛びつき、彼女を伏せさせた。

行動した瞬間は迫る脅威が何なのか、まったく把握していなかった。

とにかく生命の危機を感じたのだ。

亜樹ちゃんに組み付き、かばうように押し倒すとき、ぼくたちに迫った脅威が頭上を通り過ぎ、その正体を初めて知った。

黒塗りのベンツが宙に舞っていた。

ものすごい破壊音を立ててベンツが屋敷の中にめりこんだ。

黒煙を上げる爆発が起こった。燃料に引火したのだろう。

屋敷の者たちが仰天して飛び出してきた。

「く、く、車が飛んでったああ！　なんでえ？」

「屋敷に投げつけたんだよ」

ぼくは見回した周囲に敵影を発見し、すぐさま続けた。

「……あいつが！」

庭園の入り口付近に今まさに手をふるった直後のポーズで「犯人」が立っていた。

異様な風体に思わず目が釘付《くぎづ》けになった。

第一印象を言うなら「マントの怪人」だろう。

全身を薄汚れたローブのようなもので覆い、禍々《まがまが》しい殺気をみなぎらせている。

その顔は複雑なディテールの野獣のような仮面に覆われていた。

待てよ、あれは仮面ではない。妙に生々しい。

あれはドーパントの顔ではないのか。

ぼくの推察を立証するように、すぐさまマントの怪人が入り口付近の別の車をつかんだ。

マントの中からは同様の複雑なディテールの腕が見えた。

やはりマントの中身はドーパントだ。

軽々とその右腕だけでまたも屋敷に車を放り込んだ。

今度は青いシボレーが唸《うな》りをあげて屋敷に突き刺さった。

またも爆炎が起こった。

「やめろ！　何者だ、君は」

怪人は答えなかった。

そこに警護の男たちがいっせいに襲いかかった。

だが怪人が身を沈めると、鋭い斬撃音《ざんげきおん》が響いた。

ブシュウゥゥッ！　鮮血が舞った。

場慣れしているはずの亜樹ちゃんも小さな悲鳴とともに目を覆うような光景だった。

ぼくはすぐさま走り寄ったが、身体のあちこちをパックリと斬られてうめく男たちの間に怪人はもういなかった。

「……ふはははは……！」

低くしゃがれた笑い声が上方から響いてきた。

見上げるとマントの怪人は黒煙を上げる屋敷の上に立っていた。

いつの間に跳躍《ちょうやく》したのか。

その手には一人、傷つきうめく警護の男が捕らわれていた。

「質問に答えよう。我が名は禅空寺義蔵。墓場よりよみがえりし者」

こいつが⁉　ぼくは目を見張った。

「嘘《うそ》をつけ。禅空寺義蔵はすでに死んでいる」

「我は不死の存在。大自然の使者だ」

「大自然の使者？」


怪人との会話は、あることのための時間稼ぎでもあった。

ぼくは後ろ手に特殊携帯電話機・スタッグフォンを操作していた。

翔太郎とおそろいの機体、当然連絡の相手も翔太郎だ。

頼む、コールが届いていてくれと願った。


「我が末裔《まつえい》のしていることは自然の破壊にほかならない。

その愚行、許しがたい。再三の警告を無視した禅空寺の一族を我は根絶する」

怪人が瀕死《ひんし》の男をつかみあげた。

「ハヤニエにしてくれる」

怪人は尖《とが》った鉄柵のついた塀を見た。

「ファング！」

ぼくは叫んだ。機械音と獣の咆哮《ほうこう》が混ざったような独特の声が響いた。

付近の木から飛び出した全長二十センチほどの機械の恐竜が素早く建物の壁を走り上がり、マントの怪人にアタックした。その鋭い一撃が怪人のマントの一部を切り裂いた。

そのとき、携帯のコールがプツッとやんだ。

「翔太郎⁉」

「ドシタァ、ブィリッフゥゥ」翔太郎のひどい声が聞こえた。

「ドーパントだ！　変身を！」

ぼくは屋敷を包む爆炎の中に突っ込んだ。

「フィリップ君！」

亜樹ちゃんが思わずホントの名前を叫んでしまっていた。

黒煙にまぎれ、身構えると、ぼくの身体から変身ベルト・ダブルドライバーが浮かび出た。

「来い、ファング！」

ぼくの声に応え、機械恐竜が黒煙の中に飛び込んだ。

素早くファングを手にしたぼくは一瞬のうちにそれを直線状に変形させた。

中にはガイアメモリの先端部分が隠されていた。

機械恐竜だった半透明の白い物体はやや大型のガイアメモリへと形を変えた。

「ファング！」

先端のボタンを押してガイダンスボイスを響かせた。

そこにサイクロンジョーカーのときとは逆に翔太郎のジョーカーメモリが転送されてきた。

「変身！」

二つのメモリをベルトに押し込み、開いた。

「ファングジョーカー！」

身体の底から超常的な力が湧き起こった。

ぼくは白と黒のWに変貌を遂げた。

その身体の各部からは鋭利なディテールが突き出した。

ぼくの身体を使って変身するW……、Wファングジョーカーの登場だ。

屋敷の上ではファングの攻撃に怒った怪人が警護の男を突き落としたところだった。

尖った鉄柵に向かい、男は真っ逆さまに落ちた。

「ハッ！」

ぼくは小さく息を吐くと黒煙の中から一気に跳躍した。

鉄柵のある塀を蹴って、そこに刺さる寸前の男を抱きかかえた。

怪人がムッとなってこちらを見た。

空中反転したぼくは亜樹ちゃんの側に着地した。

すでに多くの人間が屋敷から脱出しており、驚きの表情でぼくと怪人の姿を見比べている。

「早く手当てを！」「うんっ！」

亜樹ちゃんに瀕死の男をまかせたぼくは屋敷を見上げた。

だがそのとき、すでに怪人の姿は屋敷の上には無かった。
敵は滑空し、まるで鷹《たか》のように一直線にぼくに向かって突進してきていた。
そのマントの内側が翼のように広がっている。
「飛べる……のか！」
《かわしながらしがみつけ！　相棒！》
翔太郎の声が響いた。明瞭な声だ、これは助かる。
今は通常のWとは逆に翔太郎の精神がぼくに融合している。
脳内会話に風邪でイカレたのどは影響ないようだ。
ぼくは素早く身体をひねると怪人の一撃をかわしつつ、その腰につかまった。
そのまま空を飛び、ぼくと怪人は屋敷を離れた。

ザザザザザッ！
突き落とそうとしたのか、木々との摩擦でぼくを振り払おうとしたのか。
とにかくぼくと怪人は大きな木々に囲まれた山道に墜落した。
素早く身を起こしたぼくは周囲を窺《うかが》った。
すぐさま周囲の茂みの中から怪人のアタックが来た。
こちらも素早くベルトに差さったファングメモリのレバーを一回弾《はじ》く。

「アームファング！」

Wファングジョーカーの白い右半身、その右腕の突起が伸びて巨大な刃へと変化した。

すれ違い様に斬り合った。

両者の身体がダメージの火花を散らす。

そのまま再び敵は山道を取り囲む木々の中へと身を潜めた。

「まるで狩《か》りをする獣だ」

《強敵だ、気をつけていけ！》

「了解している」

翔太郎の声が昂るぼくの気持ちを落ち着かせてくれる。


ファングは「ある人物」が贈ってくれた、ぼくのボディガードのような存在だ。

ファング自体にも機械恐竜としてのライブモードがあり、独立した戦闘力がある。

それをメモリに変形させて装填《そうてん》すれば、Wで唯一ぼくの肉体を基点とした戦闘形態・ファングジョーカーになることができる。

ファングジョーカーは野獣のような俊敏性を持ち、相手を鋭利な刃で寸断する。

戦闘力においてはWの中でも群を抜いているといえるだろう。

だがいくつかデメリットがある。

一つは先ほどの様子のとおり、翔太郎に連絡をとらなければ変身できないこと。

通常のＷならば変身する翔太郎がダブルドライバーを装着すれば、同時にぼくの側にも自動的にベルトが現れる。これによってその場で脳内会話がはじまるため、翔太郎が変身を迫られる危機に遭遇していることをぼくは瞬時に察知できるのだ。

ぼくの腰に現れるベルトはダブルドライバーそのものではない。

ダブルドライバーはこの世に一つ、翔太郎が持つものだけだ。

Ｗはガイアメモリの秘密の鍵を握るぼくとの合体を前提としたシステムだ。ドライバーにはぼくとの変身のためのプログラムが組み込まれている。

ぼくのベルトはパソコンのデスクトップ上に現れるプログラムとの「ソフトリンク」、いわゆるショートカットやエイリアスのようなものだと理解している。ここにメモリを装塡することにより、それがぼくの精神を伴って翔太郎に転送される仕組みだ。

これが逆だと成立しない。ぼくがベルトを出しても翔太郎がドライバーを装着してくれなければジョーカーメモリはぼくのところに転送されないわけだ。

結果、アナログだが電話連絡という手段しか無い。

今回も翔太郎は携帯を枕元に置いて非常時に備えてくれていたわけだ。

今ごろ、風邪に冒された彼の身体だけが事務所のベッドに転がっていることだろう。

二つ目のデメリット。それはファングの凶暴性だ。

ファングメモリには凶暴な「牙の記憶」が内包されている。

そのうえ、ぼくの守護者として行動するという使命もある。

そのためか一度戦うと過剰なまでの暴走をし、一気に危険因子を排除しようという力が働く。変身したぼくの意志を超えるほどに、だ。

それを制御してくれているのが翔太郎の精神なのだ。

翔太郎と合体しているからこそ、ぼくはWファングジョーカーとして自分を制御できる。

また翔太郎の側がメタル・トリガーでもうまく戦えない。翔太郎にとって最も適合率の高いジョーカーのみがファングの「相棒」として機能しうるのだ。

このデメリットさえクリアすれば、ファングジョーカーはWのあらゆる形態の中でも飛び抜けた戦力として機能する。相手が並のドーパントならばまず遅れをとることはない。

今、そのファングジョーカーが手を焼いている。

相手が「並」ではないことの証明でもあった。

「ショルダーファング！」

ファングメモリのレバーを二回弾《はじ》くと、右肩部分から白い刃が飛び出した。

巨大なブーメラン・ショルダーセイバーである。

ぼくはそれを取り外すと敵が隠れている付近をめがけて投げつけた。

茂みに消えたショルダーセイバーは大木を次々となぎ倒し、敵を追った。

怪人が木々の間から飛び出すのと、ショルダーセイバーがぼくの手へ戻ってくるのがほぼ同時のタイミングだった。

怪人が着地した。初めてその全身をじっくり見ることができた。

これまでの戦いでマントが裂かれ、もうほとんど残っていなかったからだ。

ドーパントとしての肉体が露出していた。

これは何のメモリの産物なのだろう？

複雑な形状のディテールの集合体だった。

さらに言うと何色とも言いがたい。

全身を埋め尽くした細かいパーツはそれぞれ赤だったり青だったりバラバラの色をしていた。トータルとして茶系統が多い気もするが、それも一つとして同じ色はないように感じられた。ベースカラーとして機能している色はない。

こいつの色を表現するならば「まだら」としか言いようがない気がした。

《なんなんだ、こいつ……力の底が全然見えねえ》

ぼくが思っていることを翔太郎が代弁してくれた。

獣の特性があることは間違いない。だが空を飛びつつ、自動車を持ち上げるパワーもある。

木々の間を俊敏にすり抜け、森に隠れて攻撃もできる。

「メモリが……特定できない」

こちらの戸惑いを見透かされていたのか、敵はすでに次の手を放っていた。

気がついたときにはドーパントの身体の一部が伸びて地を這《は》っていた。

「ウッ！」

いきなり巻き付いた。

弾力性に富んだ一本の触手が、ぼくの身体を縛り付けた。

まずい！　巻き付いた触手はぼくの両腕の動きを止めていた。

これではベルトに触れられない。武器の類《たぐい》が発動できなくなった。

「おまえも……大自然を汚す者か……？」

身構えながらドーパントがつぶやいた。

「違う。闇を暴く者だ」

「ならば結局死んでもらうしかない。

禅空寺一族に制裁を与えるまで、我が闇を暴かれては困る！」

ドーパントが手から四本の爪を飛び出させ、猛然と突っ込んで来た。

ぼくは身体をひねって飛び退いた。

その際、触手にねじりを加え、引き伸ばした。

今や武器は手に握られていたショルダーセイバーしかない。ぼくは逃れながら同時にそれを触手のねじれのあたりに投げつけた。

命中し、触手が切断された。それは敵にもダメージを与えた。

「ウッ」となったドーパントはぼくへの攻撃を外し、山道の端に転がった。

反撃だ。ぼくは触手を振り払おうとした。

だが、それはまだ驚くべき強さを残していた。

切断されたことで逆にもがき、締め付けがキツくなっているようにも感じた。

これは触手というよりはむしろ大蛇に近い、と思えた。

依然、腕を封じられたまま、そして敵の怒りをいっそう増す形となった。

こちらは最後の武器を投げてしまった。

現状相手の第二撃を迎撃する方法はない。

ドーパントが再び低く身を沈めた、そのときだ。

バイクが走ってきた。

いけない。今だれかが来たら巻き込まれる！

ぼくの一瞬の懸念はすぐに払拭《ふっしょく》された。

そのバイクには人が乗っていなかった。

ブォン！　不思議な形状の深紅のバイクは前輪を高くあげると猛加速、ドーパントに一撃をくらわした。

「大丈夫か、フィリップ」

バイクがしゃべった。

そのまま直立すると、機械音を響かせながら人間の形へと変形していった。

現れたのは深紅の鎧《よろい》を身にまとったかのような戦士だった。

メカニカルな全身の装甲、そしてバイクのヘッドライトにあたる部分がそのまま頭部の単眼として青く輝いている。

味方だ。

彼は仮面ライダーアクセル。

風都を守る、もう一人の仮面ライダーだ。

アクセルは巨大な剣・エンジンブレードを抜くと、いつものように冷徹な口調で敵に言い放った。

「さあ、振り切るぜ」

言葉どおり、ものすごい勢いで剣を振り切った。

アクセルの剛剣が炸裂《さくれつ》した。

一撃を受け、ドーパントは警戒した。

爪で反撃するドーパント。だがアクセルの猛攻が上回る。

「エンジン！」

アクセルがエンジンメモリを出した。彼の攻撃用のメモリである。

「エンジン・マキシマムドライブ！」

エンジンブレードに装填されたメモリが、強力なパワーを伝えた。

アクセルは至近距離から赤い閃光《せんこう》の剣撃を打ち込んだ。

だが、いきなりそれが受け止められた。

「なにっ⁉」

ぼくたちはいっせいに声をあげた。いつの間にかドーパントは左手に盾《たて》を生成し、それで攻撃をこらえきっていた。鱗《うろこ》のようなディテールが入った盾だった。

「やるな……」

アクセルがつぶやいた。すぐさま第二撃を放とうとしたとき、

《おい、照井《てるい》！　先にこっちを解放しろよ！》

翔太郎がアクセルに向かって叫んだ。

一瞬「なんだと?」という仕草を見せたアクセルだったが、すぐに共闘の必要性に気づいたのかブレードで身体に巻き付いている触手を切断してくれた。

立ちあがったぼくはアクセルと二人で敵に向き直った。

ドーパントが一瞬動きを止めた。

その口……に相当する箇所が一瞬動いた気がした。

突然、妙な違和感にぼくとアクセルは襲われた。

次の瞬間だ。突然木々の間から黒い群れがワッと飛び出した。

ドーパントを覆うように周囲を埋め尽くした。

払うようにそれをかき分け、ふとぼくは自分の手の中を見た。

蝙蝠《こうもり》だった。生きた、本物の蝙蝠だ。

アクセルも妨害者の正体に気づいたようだ。あえて剣を使わず手で払っている。

蝙蝠たちは次第に上空に舞い、四散していった。

空はすでに夕闇となり、朱色と紺の入り交じったような色合いを見せている。

そこに舞う蝙蝠の群れと相まって、それは毒々しくさえ思えた。

《消えやがった……》

翔太郎に言われて気づいた。

敵のドーパントはいつの間にか姿を消していた。

「不気味な奴だ……」アクセルもうめいた。

アクセルは変身を解除した。

装甲が光となって散り、赤いジャケットを着た青年の姿が現れた。

鋭い眼光が印象的な、端正な顔立ちの男がこちらを見て静かにうなずいた。

照井竜《りゅう》。風都警察署の刑事だ。

「ありがとう、照井竜」

《どうしておまえがここに？》翔太郎も聞いた。

変身していれば精神で融合している者の言葉もWの声として相手は聞き取れる。

「超常犯罪捜査課として一連のZENONリゾートの事件を調査していた。

だが嫌みなCEOにいつもうまくはぐらかされてな」

禅空寺俊英のことだ。

たとえCEOがついていなくてもおそらく「嫌みな」でわかっただろう。

照井竜は風都署に設立されたガイアメモリ犯罪の特捜班「超常犯罪捜査課」の課長として活躍するエリート警視《けいし》だ。

狂気の犯罪者に両親と妹を殺害され、その復讐《ふくしゅう》とガイアメモリ犯罪の撲滅を誓った。

ときには復讐心に負け、我々と対立することもあった。

家族を失った風都を忌まわしい街と思っている故、街を愛する翔太郎とはとくに何度もぶつかり合った。だが、彼の根本は正義感に燃える、優れた人物だ。

ぼくも翔太郎も亜樹ちゃんも、必ず照井竜とわかり合えると信じていた。

そして事実、ぼくたちはお互いを認め合うことができた。

現在ではぼくたちのこの上なく頼もしい味方として協力してくれている。

「刃野《じんの》・真倉《まくら》両刑事と周辺を洗っていたら屋敷の騒動に出くわした。その場にいた所長に君らを追って助けてくれと頼まれたのさ」

「そうだったのか。ぼくらは幸運だ、翔太郎」

《まったくだ、ありがとな。

……あー……で、だ。ちょっとすまねえ、照井。しばらくフィリップの力になってやってくれねぇかな?》

「ん?」

《俺、なんかまたちょっと……だるくなってきた……》

「ゆっくり休んでくれ、相棒」

ぼくはダブルドライバーを閉じ、変身を解除した。

ファングが飛び出して小型恐竜形態に戻り、ポンとぼくの肩に乗った。

「じつはだね、協力してほしいことがあるんだ、照井竜。ぼくの個人的なプライドの問題ですごく心苦しいんだけど……」

照井竜が眉をひそめた。

「怒らないで聞いてくれるかい？」

面倒なことの気配を感じたのか、照井竜がいつもの調子で憮然《ぶぜん》と答えた。

「……俺に質問をするな」

3

ぼくたちが戻ってきたとき、すでに屋敷の庭園は戦場跡のようになっていた。救急車が行き交い、爆発や破壊の跡が生々しく残っている。

手を振る亜樹ちゃんの姿が見えた。

横には香澄さんと侍女の弓岡あずさがいた。

ぼくは小走りに近づいていった。

「大丈夫かい、香澄さん？」

香澄さんはぼくの顔を見て、小さく安堵《あんど》したように見えた。

おそらく亜樹ちゃんから敵を追っていったという話を聞いていたのだろう。

だがすぐさま、いつもの落ち着いた顔に戻って答えた。

「無事か、という意味？　見てのとおり私は無傷よ」

「私は？　じゃあ……」

「兄が怪我をしたわ。大したことなかったけど」

「たまたまお部屋から離れていらっしゃったようです」弓岡が続けた。

ぼくは先ほどベンツが放り込まれた付近に禅空寺俊英の部屋があったことを理解した。

「あのマントの怪人、どうだった？　やっぱり……」亜樹ちゃんがきいた。

「間違いない、ドーパントだ。逃げられてしまったけど」

「ひ弱な男の子かと思ったら、意外と命知らずなのね」

おいおい、ぼくが追い払ったんだぞ、と言いたくなった。

彼女は探偵と同時に屈強なボディガードを雇っていることを知らない。

「専門家だと言ったろう？　そもそも奴の正体をつきとめることが依頼のはずだ」

「まさか、本当におじいさま……ではないわよね？」

香澄さんは少し語尾を飲むように聞いてきた。

「……どうだろう。しゃがれた声ではあった。

ドーパントになると声が変質する者が多いから、それだけでは老人とは決めつけられないけどね。

奴はこう言っていた。

『我が名は禅空寺義蔵。墓場よりよみがえりし者。

我は不死の存在。大自然の使者』……」

聞いている香澄さんの瞳が次第に鋭くなった。

「末裔《まつえい》の自然の破壊を許せない、とも言っていた。

警告を無視した禅空寺の一族を根絶する……と。

一応、警告文とも合致する内容だ」

「おじいさまが生き返った……？」

「そうは思えない。香澄さんは禅空寺義蔵の葬儀に参加したのかい？」

「ええ、子供のころ。

親族のみの密葬だったけど、ご遺体を見たわ」

「今のところ、記憶をたどったりして死者に成り済ます例はあったが、完全に死者を蘇生《そせい》するメモリは見つかっていない。それが偽の遺体でそのころから隠れて生きていたのでもない限りは、だれかが名を騙《かた》っているというのが現実的だ」

香澄さんは弓岡と顔を見合わせた。この二人には禅空寺義蔵、あるいは禅空寺一族に対する何か複雑な感情があるように見受けられた。

「禅空寺香澄さん、だな」

現場検証中の刃野刑事たちから離れて、照井竜がやってきた。

警察手帳を見せると間髪入れずに用件を切り出した。

「これほどのことが起こった以上、我々超常犯罪捜査課としても介入せざるを得ない。のちほどお兄さんをはじめ、一族のみなさんから事情聴取をさせていただくつもりだ」

「……やむを得ません」

「やむを得ん、か。あなたも警察には好意的ではない、ということかな？」

照井竜の顔が少し険しくなった。
「好意的ならば探偵さんを雇ったりしませんわ。
そもそも幾度ものトラブルを警察は真面目に調べてはくれなかった」
うむっ、と照井竜が表情を変えた。
香澄さんの「口撃」はだれにでも平等に鋭い。
「そうか。それは謝るしかない。
通常のセクションの警察官たちにはガイアメモリ犯罪に対応する能力がないんだ。
我々とは捜査の動き自体が違う。
どうか一般の警察官たちを責めないでやってほしい」
「……わかりました。少しだけ期待することにします、あなた方には」
照井竜がやれやれという顔をした。
そう、ぼくもその顔をしたよ、と思った。
「少しこっちに来てくれないか、フ……」
言いかけてあわてて軌道修正をかけた。
「フィダリ……」
ぶっ。亜樹ちゃんの顔面が破裂しそうにふくれた。
フィリップと言いそうになって左に変えたために珍妙な言葉になってしまった。

「わ、わかったよ、照井警視。じゃあ香澄さん。ぼくものちほど」

ぼくたちはそそくさと香澄さんたちから離れた。

彼女はぼくらと照井竜の微妙な空気感が読めないのか、多少ポカンとしていた。


「よお、フィリップ君！　聞いたよ、探偵、風邪だって？」

ドーパントが現れ、車を投げつけた場所。

若い真倉刑事が話しかけてきた。

「バカのくせに一人前に風邪ひきやがって。きひひっ」

そこにもう一人、にこやかに話に入ってくる。

「探偵交代とは、また妙なことになったもんだなあ。

あ、でもこうやってじっくり話すのも初めてかもしれないな。

君が翔太郎のこっちの相棒、っていうのは聞いてはいたけどサ」

「こっち」と言いつつ、頭をコンコンと叩《たた》いた。

飄々《ひょうひょう》たる笑顔のベテラン、刃野刑事だ。

照井竜と合わせたこの三人が超常犯罪捜査課の主力メンバーだ。

刃野幹夫《みきお》刑事は翔太郎の古くからの知人だ。

翔太郎には街の番人を気取って喧嘩《けんか》に明け暮れていた不良時代があったらしい。

そのときに彼をいちばん熱心に叱ってくれた巡査が刃野刑事だった。

翔太郎は「ジンさん」と呼んで慕っている。

幼少のころから鳴海荘吉に弟子入りを志願しては断られ続けてきた翔太郎が、高校卒業時にやっと認められたとき、だれよりも喜んでくれたのが刃野刑事だった。

探偵・左翔太郎の警察における一番の協力者が彼だ。

多少ちゃっかりしたところもあり、自分の保身しか考えないようなそぶりを見せたりもするが、ぼくらはそれが彼のユーモアの産物であり、根底では正義感の強い人物と知っている。


真倉俊《しゅん》刑事は刃野刑事の部下。

二人で捜査一課から超常犯罪捜査課に配属された現在もこの関係は変わっていない。

彼を簡単に紹介するなら「翔太郎の喧嘩友達」というところだろうか。

顔を合わせれば「探偵！」「マッキー！」とののしりあっている。お互いを名前で呼んでいるのをほとんど見たことがない。

彼とも幾度となく事件でふれ合い、人間味のある人物であるとぼくは理解した。

ときには彼がぼくらを頼って依頼をしてきたこともある。

一見犬猿の仲だが、翔太郎にとってもなくてはならない人間のはずだ。

この二人の上司として照井竜が風都署に赴任、三人はチームとなった。

超常犯罪捜査課はぼくたち鳴海探偵事務所にとってじつに頼れる存在に進化した。

もちろん刃野・真倉両刑事はWとアクセルの正体を知らない。

うまく照井竜が立ち回ってくれているおかげと思っている。


「君がムキになるなんて妙だとは思ったが、理解した。

かなり挑発的な人間だな、あのお嬢様」

照井竜がぼくに向かって言った。

だが、そんな照井竜を見つめる亜樹ちゃんの様子がおかしい。

「どうした、所長？」

「……ぷぷっ、フィダリ……」

必死に思い出し笑いをこらえはじめた。

よほど「フィダリ」がツボにはいったらしい。

「ひどいぞ、所長……こっちは君らの酔狂につき合ってやったというのに……」

照井竜が恥ずかしそうな困惑顔を浮かべている。

彼がこんな顔をする相手は間違いなく亜樹ちゃんだけだ。

「あー、ごめんごめん。でもさ、フィダリだよ、フィダリ。どこの国のサッカー選手やねんって話だよ。

……ダメだ、ぷくくっ……」

亜樹ちゃんはまた思い出し笑いに負けた。

照井竜の困り顔がさらに渋みを増した。


ただ、こういう亜樹ちゃんの様子を見ているとぼくは安心もする。

先ほどまでの惨状にさすがの亜樹ちゃんも引いていると思っていたからだ。

だが、結果彼女はすぐさま剛胆に対応した。

怪我人の止血、警察・消防への連絡などやるべきことを一気にやってのけたという。

結果、入院した警備の人間の中にもまだ死者は出ていない。

亜樹ちゃんの判断が良かったためだと救急医たちも褒めていたという。

さらには駆けつけた照井竜に救援要請をしたことがWの危機をも救った。

そうした安堵感《あんどかん》が手伝ってか、彼女もいつものテンションに近くなっていたのだろう。

照井竜の困り顔はやがていつもの苦笑に変わった。

亜樹ちゃんを見つめる兄のような目になった。

彼はぼくを手招きし、ある一点に導いた。

「これを見てくれ。犯人の足跡だ」

見て「あっ」となった。鳥の足跡のようだった。

三つに分かれた前方の爪、そして後方にも一本の爪。

「やはり鳥のドーパント、ということか？」照井竜がぼくに問う。

そうなのだろうか、戦った感触から言って単純にそうとは言い切れない。

そもそもさっき森の中で敵は鳥のような足をしていただろうか？

目まぐるしい高速の戦いだったので自信が無い。

「それともう一つ、ちょっと気になることがあってなあ」

刃野刑事が割って入った。

「相当数の警護の人間がいたらしいんだが、だれも飛び込んできた怪人を見てねぇんだよ。音もなく飛んできたってんなら話もわかるんだが」

「着地跡に相当する足跡がない」照井竜も続けた。

たしかにぼくも敵の出現に最初まったく気づかなかった。

いかに飛行が得意なドーパントだったとしても飛行音や着地音が皆無とは思えない。

屋敷の敷地内に音もなくいきなり現れた、ということは……。

「外から襲撃したのではなく、屋敷内の人間がこの場でメモリで変身した可能性が高い、ということか……」

ぼくたちは全員屋敷を見つめた。

消火が終わった屋敷の白い壁には、黒い焼け跡が無数に染み付いていた。

脅迫者の爪痕《つめあと》を感じずにはいられない。

だが、その犯人が禅空寺一族の中にいるとしたら……？

そして、もう一つ。ぼくは嫌なことに気がついていた。

あのとき、すでに香澄さんも屋敷に消え、ぼくたちの側にはいなかった……。


すっかり周囲は闇に包まれていた。

屋敷の周辺は警護のため、警官隊が固めていた。

ライトが照らされ、夜を徹しての警備の構えだ。

警官たちはみな小刻みに震えているように見えた。

真倉刑事から聞いたことがあるが、超常犯罪捜査課自体は実動部隊を持たないため、ドーパント犯罪が発生すると風都署の警官隊や付近の機動隊に出動を要請することになるらしい。

「これがまた嫌がられるんだよね。ウチからの出動要請ってだけで、もう噂《うわさ》の化け物とやり合うこと間違い無しなんだからさ」とは真倉刑事の弁だ。

警官たちの震えはここが山と海に囲まれた夜風の冷たい地域だから、というだけではないのだろう。

「お待たせしましたね」

ぼくは窓から見ていた外の様子から視線を室内に移した。

今、禅空寺俊英が部屋に入ってきた。左腕には包帯が巻かれている。

禅空寺の一族が勢ぞろいしていた。

この部屋は屋敷の三階奥の応接室。

怪人の破壊を受けた場所から最も離れた部屋である。

俊英を待っていた一族の関係者は五人。

一人は香澄さん。後ろには当然のように弓岡あずさが控えている。

その横の女性はもう聞くまでもない感じがした。

一人、圧倒的に彩度の高い人間がいた。

彼女が香澄さんの姉・禅空寺麗子であろう。

ウェーブのかかった黒髪が腰のあたりまで伸びている。

シンプルな赤いシルクのドレスをまとっているが、ほぼ全身の肉付きがくっきりと判別できる。それが目的で選んだとしか思えない服だった。

ここまでセクシー趣味全開の女性もめずらしい。よほど自身を誇示したいのだろう。

もう一人の女性は美人だが、妙に地味に見えた。

ショートカットのおとなしそうな人物だ。

着ている服も高級だがどこか地味な色合いに思えた。

まあ香澄さんと禅空寺麗子に挟まれていては、たいがいの美女でも地味には見えるだろう。

つねにうつむきかげんで部屋で待っていたが、俊英が入ってくるや彼の側に立ち、部屋に招き入れた。おかげで彼女が俊英の妻であるとぼくはわかった。

並ぶと俊英の身長は妻よりもずっと低かった。

もう一人は男性だった。

長身で美青年だったが、正直あまり品のいい感じには見えないい気がした。

たえずジロジロと無遠慮に周りの人間を見つめてはニヤついている。
俊英が席に着いた。こちら側はぼくと亜樹ちゃん、照井竜・刃野刑事の四人。
「ふう……。
さあ仰せのとおりそろえましたよ。我が愛する家族を」
俊英の言葉に香澄さんは鋭い怒りの視線を投げ、長身の色男は鼻で笑った。
「こちらは妻の朝美です」
地味な印象と感じた女性だった。彼女は静かに頭を下げた。
「そして長女の麗子。
となりは新藤《しんどう》敦《あつし》君。麗子の婚約者です」
麗子はもったいぶってゆっくりと頭を下げた。
新藤と呼ばれた男は振り向きもしなかった。
「そっちは二女の香澄。左君はもうご存知ですよね」
ぼくはこくりとうなずいた。
「後ろにいるのは弓岡あずさ。
我が家の使用人の長ですが、香澄のお付きに専念してもらっています。
以上、弓岡以外のここにいる全員が禅空寺の遺産を受け取る可能性のある人間です」

にやり、と意味深に笑って俊英は紹介を終えた。
「遺産？　どういうことよ、お兄様」
即、麗子が兄にかみついた。思ったよりも低い声だった。
「どうもこうもないさ、刑事さんの要望どおりだ」
「説明してもらえますかしら、赤い刑事さん。
あなた、あたしたちが脅迫の被害者だってこと、理解してるの？」
今度は照井竜にかみついた。
尋常じゃない攻撃性に満ちている。
これなら香澄さんのほうがまだ相手の呼吸を考えてしゃべっているだろう。
照井竜がいらついているのがわかる。どいつもこいつも、という顔だ。
「脅迫者は死んだ禅空寺義蔵を名乗り、一族の自然破壊に警鐘を鳴らしている。
脅迫者も、その理由も、納得できない」照井竜は言った。
「だから遺産目当てだと？　そうおっしゃるの？
馬鹿馬鹿しい、それじゃまるで……」
「コン中に犯人がいるみてぇな言い方、だよな」
新藤が初めて口を開いた。
その場の一同、特に香澄さんの表情がこわばったように見えた。

「可能性の問題だ。

そもそも現状のZENONリゾートは自然破壊と呼べるのか？

もし遺産を狙っている者がいるとして、だれがどういう配分で何を手に入れられるのか？

この際伺っておきたいというだけだ。

何度も門前払いをくらってきたからな……」

強く照井竜が俊英をにらみつけた。

「もういいじゃありませんか、こういう場をおつくりしたのですから。

手短に答えましょう」

俊英が冷たい笑顔でそれをかわし、話しはじめた。

「たしかに祖父・禅空寺義蔵は自然主義者で、景観を無視してZENONリゾートの開発を推進した父・惣治とは対立が絶えなかったと聞きます。

私はその程度の開発を自然破壊とは考えませんが、そりゃあ施設を建てれば自然は無くなる。破壊と言えば破壊ですよね。

でもそれが理由ならもっと早くから父が狙われていなければおかしいですよね」

たしかに一理ある。言い方は慇懃《いんぎん》無礼《ぶれい》でイライラしてくるが。

「で、遺産の配分はどうなっとるんですかね？」刃野刑事も聞いた。

「現状のままですよ。これが配分後の状態です。ぼくがＺＥＮＯＮホテルとその周辺施設、及びこの屋敷と子山。麗子は遊園地、プールなどの遊戯施設全般。つまり現状それぞれが経営しているパートを、父の所有から正式に我々のものとして譲り受ける、ということですね」

「香澄さんは？」ぼくが思わず聞いた。

香澄さんが口を開こうとした瞬間、一足先に俊英の嘲笑が差し込まれた。

「香澄は親山とその膝元の海岸付近の土地、それだけです」

親山、あれが香澄さんの所有地なのか。

ぼくの脳裏にホテルから見た親山とそこにそびえ立つ黒い建物が思い起こされた。

「それだけって……充分すごいんですけど」亜樹ちゃんのつぶやき。

「まあ、彼女はまだ未成年なので。父がビジネス的に責任のある部分を継がせなかったのも当然でしょう。それこそ成人後、香澄がその土地をどう使って商売するかは彼女次第ということです」

ぼくは香澄さんをじっと見た。

平静を装っているが、その顔の裏には何か憤りのようなものが感じられた。

「商売なんか……しないわ」

吐き捨てるように香澄さんはつぶやいた。

「これよ、ずっと学生気分なんだから、この子」

「香澄ちゃんは欲がないんだよな」

麗子と新藤の茶々を香澄さんは完全に無視した。

新藤はフンという顔で立ちあがった。

「さ、こんなもんでいいでしょ。俺はまだ麗子さんと結婚もしてねーんだし、遺産目当ての容疑者みたいに見られるのはごめんだから」

「結婚すればもらえるんだろう?」照井竜がキツい口調で言った。

怒るかと思いきや、新藤は自嘲ぎみに答えた。

「できれば、ね。この家の女性はハードル高くてね」

「敦君」

麗子ににらまれ、新藤は口笛を吹いた。

「だれかが死んだ場合、その持ち分はどうなる?」

照井竜も二人を無視し、俊英に聞いた。

「そりゃあ決まってるでしょう。遺産なんだから。生きている人間のものになりますよ」

俊英は落ち着いた表情で淡々と答えた。

それが逆に一同の沈黙を生んだ。

俊英は固い笑顔をつくって、手を振った。

「もう、いいですね？　また何かあれば明日以降に。

警察の方の捜査もご自由になさってください。各担当に伝えておきます。

ああ、そうそう……香澄が左翔太郎君を雇っている件については別に構わないんですよね、あなた方としては」

「構わん。彼とはたびたび協力している」

「結構。早く捕まえてください。得体の知れない犯人を」

お開きムードとなり、一同が散会しようとしたとき、ぼくは声をあげた。

「あと一つ、聞かせてください」

一同が全員こちらを見た。

「みなさんは襲撃があったとき、屋敷のどこにいましたか」

「おいおい、探偵坊や。今度はアリバイ調査か？」

新藤がいきり立った。案の定だ。

相手のビジュアルが少しでも弱そうだととたんに威圧してくるタイプだ。

「いいじゃない」興味深げにぼくの顔を見て、麗子が制した。

「あたしたちは到着したばかりだったから裏手の車庫にいたわよ」

「証言できるのは？」

「二人だけだもの、お互いしかいないわ」

「あなたはどうです？」俊英に聞いた。

「夕食会の様子を見ようと、食堂の付近にいた。

そのとき、爆発のあおりで少し腕をぶつけた。

自分の部屋にいたら死んでいただろうね」

「私も主人といっしょにいました」妻・朝美の発言を初めて聞いた。

「香澄さんはどこにいましたか？」

「私も疑うの？」当然の反応が返ってきた。

「ついその直前まであなたといたじゃない」

「事件のときにはいなかった。全員が均等に疑われるんです。

いくら依頼人でも君だけ聞かないのは片手落ちだ」

香澄さんは一瞬黙ったが、毅然《きぜん》と答えた。

「東棟の階段のあたりにいました。爆発と衝撃がそのときに」

「そのときは弓岡さんといっしょでしたか」

「……いいえ。私一人よ」

「私は香澄お嬢様のお部屋に。

すぐにお探ししましたがお見かけしたのは警察の方がいらしたあとでした」

なんということだ。香澄さんだけ証言者がいない。

ほかの二人も妻と婚約者だ。証言者としては有力とは言いがたい。

だが、いないよりは印象は悪くないだろう。

「ありがとう。以上です」

去り行く俊英と麗子が冷笑を浮かべていた気がした。

「翔太郎君だけ、少しこの場に残ってくれるかしら」

うわ、来た。これはまたお小言が来そうだ。

だが逃げるわけにもいかない。

「先に行っててくれるかい、亜樹ちゃん、照井警視」

「わかった、左」

今度はきちんと呼んでくれた。だが「フィダリ」を思い出したのか、亜樹ちゃんの顔面が少し危険な状態になっている。早く連れ出してほしいと思った。

照井竜と亜樹ちゃんが外に出て、応接室はぼくと香澄さん・弓岡の三人だけになった。

また単刀直入な非難が来るのかと思うとぼくはげんなりした。

彼女が口を開いた。

「私……あなたを信用することにします」

え？　想像とは真逆の言葉が返ってきた。

「それは……またどうしてだい？　てっきり君を疑ったことを非難されるかと」

素直な感想を口にした。

「あなたをフェアに感じたからよ。

昼間言っていたでしょう、兄のやり方がフェアじゃないと。

私からの依頼は『犯人の正体をつきとめること』。

その依頼をあなたはきちんと果たそうとしてくれている。それでいいと思うわ。

あなたが、依頼人だからと私のアリバイを聞かず、それでもし私が犯人ならあなたは手を抜いていることになる。

あなたは見かけによらず責任感のある探偵よ。だから信頼します。

もし私が犯人なら、私を捕まえて」

「……変わった人だな、君は」

「あなたに言われたくない」

そう言いつつ、香澄さんの顔は微笑を浮かべていた。

ぼくも静かに笑顔を返した。

この変わった依頼人を信じたいと思った。

「どうだった？　また文句を聞かされたか？」照井竜が聞いた。

　亜樹ちゃんと二人で、廊下の隅でぼくを待っていてくれた。

「いや問題ない」

「今夜から我々が関係者周辺の捜索に入るが、まあ立ち入り捜査でメモリが出てきたためしはほとんどない」

　そう、ガイアメモリはそのサイズと引き起こす事態の差が大きすぎるのだ。

　隠そうと思えばいくらでも隠しおおせてしまう。

「しばらくは防衛に徹するしかない。敵のメモリの正体をつかまなくては。

『検索』を頼めるか？」

「もちろんだ。亜樹ちゃん」

「ほいっ！」

　亜樹ちゃんがバッグの中から、持っていてくれたぼくの愛用の本を出してくれた。

　パラパラッとページをめくる。

　厚手の表紙。そして白紙のページがずっと続く本。

　これはぼくがある「特殊能力」を使うとき、愛用しているツールなのだ。

　ぼくたち三人は階段下付近の奥まった場所に入った。

本を手にしたぼくの後ろに寄り添うように亜樹ちゃんと照井竜が立った。

「入るよ……『地球《ほし》の本棚』に」

ぼくは目をつぶり、両手を広げた。

さーっと全身に緑色の光が走った。


不意に周囲がホワイトアウトし、広大な「無」の空間となった。

その中にぼく一人だけがいた。

風が何かの接近を伝えに来る。

ブワッ、ババババババッ！

無数の書架が迫り、空間を埋め尽くしはじめた。

あっという間に白いぼくだけの世界は本で埋め尽くされた。

これだ。これがぼくがガイアメモリ生成に関わっていたというまぎれもない証。

そして、今やWの活動になくてはならない切り札となった「能力」だ。

「地球《ほし》の本棚」である。

「さあ、検索をはじめよう。

知りたい項目は犯人のメモリ。キーワードは？」

《まずは順当に「動物」だな》

照井竜の声が響いた。

ぼくの意識は今、脳内に広がる本棚にダイブしている。

彼らがぼくの肉体に話しかけた声がそのまま響いているのだ。

ぼくはキーワードとして『ａｎｉｍａｌ』を入力した。

あっという間に本棚が間引かれていき、本の数が減っていった。

そう、この行為は検索なのだ。

地球《ほし》の本棚は地球の記憶そのものだ。

それがぼくにとって理解しやすい「本」という形をとって具現化している、と考えている。

地球という惑星には、それ単体の意志性があるのだ。

そしてここで生まれた生物、文化、道具などありとあらゆる事象がこの惑星のデータベースに刻み込まれている。

ガイアメモリにはこの地球の記憶がデータ化されて注入されている。

だから「ゼブラ」のメモリを刺せば、シマウマ人間が誕生する。

ぼくはこの地球という名のデータベースにアクセスできる唯一の人間なのだ。

《「飛行」、「爪」、でどうだ?》
照井竜がキーワードを増やしてくれる。
さらに本が減り、『eagle』『bat』などという題名の本が残った。
これが検索した結果の地球の記憶だ。
この中には蝙蝠《こうもり》なら蝙蝠の地球史のすべてが記されている。
ぼくはパラパラと手に取って読んでみた。
しかし、どうもピンとこない。

「外」、と表現するのも妙だが、外見上の検索状態はぼくを亜樹ちゃんと照井竜が囲んでいるだけだ。

ぼくはただ真っ白いページの本をパラパラと読んでいる。

だが、ぼくの目には本の内容が見えている。

「閲覧」をスムーズに行うための儀式アイテムのようなものがこの本なのだ。

この白い本が一冊あればぼくはこの世の情報をすべて得ることができる。

敵の組織の中核に関すること以外はすべてだ。

このようにしてまず犯人が使っているガイアメモリの特性をつきとめることで、敵を攻略し、事件の真相に近づくことができる。ぼくらの必勝パターンと言えるだろう。

「蝙蝠か。たしかに奴は逃亡のとき、蝙蝠を利用していたな」

「いや、超音波を発することができればあの場にいる蝙蝠を驚かせて羽ばたかせることは可能だ。それにバット・ドーパントはもっとシンプルに蝙蝠人間的な形状になるはずなんだ。

あのドーパントは色もまだらだったし、形も複雑だった。

触手も大蛇のような強さだったしね」

「そういえばさ、なんか遊覧船も沈められたんだよね」

亜樹ちゃんが言った。そうだった。

最初の脅迫が続いたときの、遊覧船の沈没事件の写真を思い起こした。

「蝙蝠は水の中苦手なんじゃないの？　そーだ、水鳥！　アヒルとか！」

「爪が合わないぞ、所長。まるで獣のような爪だった」

地球《ほし》の本棚の中に亜樹ちゃんたちの悩む声が聞こえてくる。

やはりこのドーパントは謎が多すぎる。

何か強力なキーワードが無いと正体を見極めるのは難しい。

ネットワーク検索をしていてよくあると思うが、凡庸なキーワードを並べていてもなかなか欲しい情報にはたどり着けない。意外な着眼点のキーワードをプラスして初めて有力な絞り込みができるのだ。

残念ながらぼくにはこのセンスがない。発想が固いというべきか。

その意味では翔太郎の着眼点のずらし方は抜群だ。

ぼくの能力を知り尽くしているからこその強み、直感力の賜物《たまもの》だろう。

亜樹ちゃんの突拍子もない一言もよく成功を導く。ぼくとは逆に発想が柔軟なのだ。

照井竜も的確な分析で真実に近い言葉を選び出すことに長《た》けている。翔太郎がお休みとはいえ、手慣れた人間三人中二人がいるのに手こずるとは……。

《動物の合成体はどうだ？　『キマイラ』とか『鵺《ぬえ》』とか》

照井竜が切り口を変えてきた。

たしかに『ペガサス』とか『グリフォン』とかの伝説・神獣の類《たぐい》のメモリは無くはない。

それも人間が想像した生物として地球に刻まれてはいるだろう。

単発のキーワードを入れて、ぼくは『ｃｈｉｍａｉｒａ』や『ｎｕｅ』の本を読んだ。

だが、どうにも該当しない。

「やはりこれだと人間が想像した動物の組み合わせ以上の力にならない。

つまりキマイラは獅子・山羊・蛇、妖怪の鵺だと猿・狸・虎・蛇の力しか出ないよ。

鵺の組み合わせには鶏とかもあって諸説あるようだけど」

《いずれにせよ水中能力が無いな。ほかにそんな神獣がいるのか……》

照井竜の言葉にもかげりが見える。

《じゃあ、あれよ！　もう思い切っておおざっぱな言葉入れてみる！

動物、てんこもり、大集合！　みたいな！》

「えっ！」となった。思わず言われたキーワードを三つ入れてみた。

驚くことに本が一つにまとまった！

表紙を手に取ってみた。

本の題名は『ｚｏｏ』だった。

「ビンゴだ！　メモリの正体をつかんだ！」

「嘘《うそ》っ！　私またホームラン飛ばした？」

飛ばした、飛ばした。久々のスタンドインだ。

「ズー？　動物園か。……反則なメモリだな……」照井竜もうめいた。

たしかにそのとおりだ。必死に金を積んで「ゼブラ」とか「ライオン」のメモリを買った人間はたまらない気分になるだろう。

もっともそれらのメモリより、とてつもなく高価なのかもしれないが。

「ズーのメモリは身体の中にあらゆる動物の特性を持ち、それを発動できる」

「うひゃあー、ホントに一人動物園だあ」

「マントでよく見えなかったが飛行時にはやはり翼が出ていたんだろうね。あの触手は蛇や象の鼻の力、超音波は蝙蝠かイルカのものだ。足が鳥足なのも状況に応じて変わるんだろう。森での走り回り方は肉食動物のそれだった」

「臨機応変ということか。まるでWだ」

「でも今こちらは翔太郎がいない。選択肢はファングジョーカーだけだ。リボルギャリーを呼んで空中と水中の戦いに備えておくべきだろう」

「じゃあ、私、どこか隠し場所を探しとくわ」

一気に前進した気がした。

すくなくとも相手の戦力は読めた。

ぼくらは少しだけ安堵《あんど》した。亜樹ちゃんとぼくは互いの肩を抱き合った。

と、そのときだ。

「……そこで何をしているの?」

香澄さんの声がした。

うわっとなってぼくは急速に地球《ほし》の本棚から離脱した。

緑の光がおさまり、ビクッと我に返ったようにぼくの精神が肉体に戻った。

「あ、あー、か、香澄さん」亜樹ちゃんがあわててフォローしようとした。

「いや、あのこれはですね。ちょっと作戦会議っていうかなんていうかあ……」

照井竜は「俺は知らん」とばかりにそっぽを向いた。

「今、何か光みたいなものが見えた気がしたけど」

つかつかと近づいてきた香澄さんは素早くぼくの本を奪い取った。

あっ、と思ったが遅かった。

もっとも中身は白い本だ。見たところで何もわかりようが無い。

不審な感じはさらに増幅された気がするが……。

案の定、ページをめくった香澄さんはさらに問いつめるような視線になった。

「なんでわざわざこんな白紙の本を？　答えて」

明らかに尋問に入っている。これじゃどっちが探偵だかわからない。

「ぼくのイマジネーションを高めるための道具だ」

嘘はついていない。正解そのものを言ってもいないが。

「ふうん」となった香澄さんはそのままパラパラとページをめくっていたが、ある箇所でぴたりと止まった。

彼女がつまみ上げたのは園咲若菜のポストカードだった。

うわっ、これは恥ずかしい。

さすがのぼくも動揺した。

それはガレージに飾ってあった本人の直筆サイン入りのものだった。

何かの拍子で挟まったか、あるいは落ちていたものを翔太郎か亜樹ちゃんが挟んでおいてくれたのをぼくが気づかなかったのか。

いや、もうこの際その推理はどうでもいい。

問題なのは目の前の香澄さんが見たことも無いような苦い顔をしているということだ。

「園咲若菜のファンなんだ。ふぅん」

「いけないかい？」ぼくは本とポストカードを香澄さんから取り返した。

「別に。ただわりと普通だなあ、と思って。

あなた、アイドルの直筆サインをもらって喜んでるような人種に見えなかったし」

どういう「普通じゃない感じ」を期待されていたのだろう。

「以前、若菜さんの依頼で事件を解決したことがあるんだ。

それ以前からのファンであることに変わりはないけど」

香澄さんの表情がかすかに変化した。

ぼくが「若菜さん」と呼んだからだろうか。

直接の知り合いとは思わなかったのだろう。

それまでのからかい半分の目つきとは明らかに異なる顔になった。

園咲若菜は風都の有力者・園咲家の令嬢である。

歌手・タレントとして活躍しており、風都市最大のアイドルと言っていいだろう。

そしてぼくたちＷとは縁浅からぬ仲だ。

ストーキングの被害にあった彼女を救ったのがきっかけだった。

案の定、そのストーカーはドーパントだった。Ｗは事件を解決、街と彼女を守った。

ぼくは顔こそ彼女に明かさなかったが、翔太郎の相棒の安楽椅子探偵として彼女のために力を尽くした。その際にぼくに対しても興味を持ってくれたようだ。

以後、ぼくたちの不思議な距離感の関係は続いている。

彼女がぼくたちの調査に協力してくれたこともある。

顔も知らないぼくに力を貸してくれる彼女を、以前にも増して特別な女性としてぼくは意識するようになった。それ以前にもラジオで聞く彼女の声や、雑誌で見る容姿などになぜか惹《ひ》き付けられてはいたが、本人の人間性に直接触れてさらに好感を持った。

そう、そもそもＷを「仮面ライダー」と街の人々が呼んでいる、ということをぼくらが初めて知ったのも若菜さんのラジオだった。

すべてにおいて彼女には不思議な縁を感じずにはいられない。

「……わかりました。

そのポストカードもあなたのイマジネーションを高めるために必要なもの、ということね」

「いや、これにはそういう意図は無い……」

ぼくが言っている最中から香澄さんはすべてを聞かずにくるっと背を向けると立ち去ってしまった。

ぼくが彼女の反応に困惑していると、背後では亜樹ちゃんが妙な身悶《みもだ》えをはじめた。

「あー、やっぱね……そうなるよね、うんうん……来た来た……」

「？　何が来たんだい？」

「いゃ、ほら、それよ……フィリップ君がそんな態度だから……もう……。

くぅぅぅぅぅぅっ……はがゆい！」

ますますもって理解できない。

「はっきり教えてくれないかな、亜樹ちゃん」

「いやあ、ゆえないない……ゆえないのよお……」

ダメだ。ずっとこの繰り返しだ。

ぼくは亜樹ちゃんへの質問を諦めた。

そして興味ないふりをして自然にその場を離れた。

亜樹ちゃんはこそこそと照井竜の背後に近づくと、その袖をぐいぐいひっぱりまくった。

ぼくは少し離れて歩きながら、聞き耳を立てた。

「なんだ、所長……」

亜樹ちゃんがシーッと指で内緒話ポーズをし、小声で話しはじめるのが見えた。

「むふふ、やはりわからんか、竜君も。鈍いのお。

あれはアレよ。香澄お嬢様の……ジェラシーよ！」

なんだって？

「なんだと？」照井竜が完璧にぼくの心中と同じリアクションをした。

「ジェラシー……フィリップに対してか？」

「だってあの二人、事務所で会ったときからそりゃもうお互い気に入らない感じだったのよ」

「それでなぜ、そうなる？」

「恋愛フラグって奴よお！　第一印象悪い、すなわち気になる！　ってことでしょお！」

もう亜樹ちゃんのボリュームは内緒話のそれではない。通常会話の音量だ。

「どうする竜君、どうしよう！　やっぱフィリップ君には若菜姫がいるしねー。

あ、でも届かぬ思いなのかもしれないしぃ。それに比べて香澄お嬢様は確実にフィリップ君に来てると思うんだよねえ！」

「何？　どうする？　ゆっちゃう？　本人にぶちまけちゃう？」

「所長……」

「君は恋愛マンガの読みすぎだ」

照井竜はあきれ顔で庭園の警察官たちのほうへ戻っていった。

「えーっ！　何よ、竜君がそーゆーのに興味なさ過ぎるんだよ！

ちょっと聞け、最後まで聞かんかーい！」

亜樹ちゃんは猛然と照井竜を追跡し、口を尖《とが》らせている。

なんだ……そんなことか。

亜樹ちゃんらしい、ただの妄想だった。


ぼくは一安心すると、周囲を見回した。

メモリの正体はわかった。あとは持ち主だ。

明日からまた禅空寺家の人間を一人ずつ調べていかなければならないだろう。

それも相当に迅速に調査しなければならない。

ぼくは屋敷から見上げる親山や周囲の森、そして眼下に広がる風都海岸を見つめて思った。

「一人動物園」の脅迫者が襲撃を繰り返すには、この自然に囲まれた禅空寺家の所有地はあまりに都合がいい舞台だ。

「ズー」を選んだ犯人の狡猾《こうかつ》さが、じわじわと感じられた。

4

「……どーだ、相棒。大丈夫かあ？」

翔太郎の声がかなり聞き取れる。ぼくは安堵《あんど》した。

一夜明けた翌日。昼過ぎのＺＥＮＯＮホテル三五〇一号室。

ぼくは翔太郎に経過を電話連絡していた。

「そっちこそどうだい？」

「……全然いけねぇや。多少マシになったのは声だけだ。

こうしてしゃべってるだけでも、のどの中に画鋲《がびょう》が入ってるみてえに痛てえ」

「メールにしようか？」

「いや、気にすんな。おまえの生の言葉で聞かせてくれ。

リボルギャリー、出てったな……？」

「ああ、今亜樹ちゃんが隠してくれている。

森の一角にちょうどいいスペースがあった」

ぼくらは早朝にスタッグフォンでリボルギャリーをこちらに呼び寄せていた。

全長十三メートルにも及ぶ巨大装甲車を目立たないところに置くのも難儀だ。

亜樹ちゃんが子山の麓の車道付近にちょうど良い隠し場所を見つけてくれた。

ぼくがスタッグフォンでそのポイントへの到着を指示したのだ。

今ごろ亜樹ちゃんがフードや付近の枝などでカムフラージュを終えているころだろう。

「『この山の木、パキパキ折れるから隠すのも楽ぅ』とか言ってたよ。手慣れたもんだね、我らが所長は」

「ふん。俺のほうに来る連絡は、『フィリップ君のほうが全然楽ぅ！』とか、そんなんばっかだぜ」

「ふふっ。ぼくももう一度、禅空寺の兄弟たちに面会したよ」

「どうだった？」

ぼくは翔太郎に朝からの行動を説明した。


まずは禅空寺俊英との朝食だった。

このタイミングで無ければ話せない、と言われ一人で行って驚いた。

巨大なホテルのラウンジにぼくと彼、そして妻の禅空寺朝美の三人だけ。

驚くぐらいの豪勢な食事が次々と出てきた。

それは俊英の昨日つぶれた夕食会のリベンジに思えた。

ぼくという外からの異分子に対し、自分の権力を誇示せずにはおれないのだろう。

改めて幾度かの襲撃、そして昨日の様子、さらには脅迫者の心当たりを聞いた。

だが、特別新しいこともわからなかった。

一つだけ気になっていたことがある。それは幾度かの襲撃で俊英が受けた傷がいずれも軽傷だったことだ。それを問うと、俊英は卑屈に笑ってから上目遣いで答えた。

「重傷であるべきだった、とおっしゃるんですか、左君。疑うべきはほかにいると思いますがね」

俊英は「君はどうぞ、このままごゆっくり」と言い残すと、朝食を唐突に切り上げて席を立った。あわててあとを追った朝美が近くに寄ると、鋭い一瞥《いちべつ》を返した。

「人前で側に立つな」

小さく、だがドスをきかせて朝美に言った。

朝美はびくっとして側から離れた。

「申し訳ありません。ああいう気性な人なので……」

朝美はぼくに小声で告げた。本当に済まなそうな表情だった。

右目の下の泣きぼくろがより彼女を儚《はかな》げなムードに見せていた。

朝美は一礼し、俊英のあとを追った。

たしかに朝美も身長は百七十センチ近くありそうだ。俊英と並ぶと彼の小柄さが目立つ。

以前、地球《ほし》の本棚を検索して世界中の独裁者の特徴を調べたことがあるが、小柄であったり、声が高かったり、色白だったりと「男性的で無い」者ほど独裁傾向が高くなるようだ。

負い目が自身の過剰なアピールに表れ、周囲を破壊的に扱う傾向が強くなるのだろうか。

そもそも最初の数点の料理で満腹だったぼくも、すかさずラウンジをあとにした。


そのあとの禅空寺麗子との会見はもっと強烈だった。

呼ばれた部屋に一人で入るや、そこには水着の麗子が待ち構えていた。

今日は午後から広報用の撮影があるらしく、麗子はプールのイメージカラーのマリンブルーのビキニを試着し、髪を整えていた。

そんな半裸に近い女性と狭い部屋で顔を突き合わせる羽目となった。

これほど面積の少ない水着を、しかも間近で見るのは初めてだ。

「悪いわね、どうにも時間が取れなくて」

この時間をわざわざ割り当ててるのもどうかと思う。

一通りの質問をしたが、当たり障りの無い答えしか返ってこない。

彼女はポージングの検討に余念がなかった。

ときたま、ぼくに極端に顔を近づけたり、大きな胸を触れる寸前ぐらいまで接近させてきたりした。

ぼくの困惑する様を拝んでやろうという彼女の意図が透けて見える。

腹立たしいのもあり、好みでもない女性のそうした挙動になど興味が湧かないのもありで、ぼくはずっと平静を装った。

「……つまらない坊や。せっかくのサービスタイムだったのに」

麗子は興ざめしたのか、とっとと話を切り上げてローブを羽織った。

「言っておくけど犯人はあたしじゃないわよ。

ほかに当たってみるところがあるんじゃないのかしら?」

麗子は部屋を出て行った。出際に彼女を待ち構えていた新藤敦が覗《のぞ》き込んだ。

麗子とともに去ったかと思いきや、新藤だけがひょいっと顔を出して言った。

「女王様のご機嫌はもっとうまくとれよ、坊主。俺みたいにさ」

卑屈な笑顔のまま、新藤は去った。

「つまりだ」聞き終えた翔太郎が言った。

「王様と女王様のアピールタイムに半日つぶされたってわけか」

「そう。さすが兄弟、行動の本質がそっくりだったよ。

共通するのは自己顕示。そして自分に媚《こ》びない相手に対しての怒りだ。
プラス、どちらもこう言った。
『疑うべきはほかにいる』と……」
「香澄お嬢さんのことだな。
まあ遺産があるんだ。親族はみんな疑われるさ」
「やっぱりそこか……自分以外の兄弟を殺害するための狂言……」
「おまえの直感はどうなんだ」
えっとなった。
そうだ、そういえば「左翔太郎流」はそうだった。
まずいちばん疑わしい容疑者を直感で選び出す。
「目つきが気に入らねえ」とか「どうも匂うぜ」とかそんな感じだ。
そしてその者の犯行を立証できるよう調査を進めていくのだ。
絶対に違うとわかるまで、その線を曲げない。
もし違っていても、そのおかげですくなくとも一人の容疑者が白になる。
これは我流とは言えない。
翔太郎の好きなハードボイルド探偵小説などでもよく主人公が実践している調査法だ。
彼が鳴海荘吉の背中を見て育ってきたことを考えると、荘吉流であったのかもしれない。

「左翔太郎代理なんだろ。俺っぽく言うとどうだ？」

「ぼくには君のように人間の本質的な部分を感じ取る力は無いよ。今回は全員が疑わしい。でも強いて言うなら……。

やはり禅空寺俊英だ。

脅迫者のふりをして、兄弟たちを殺害しようとしているんじゃないかな。ズーとの適合率も非常に高い人間と考えられる」

ぼく、というより地球《ほし》の本棚にはＤＮＡレベルの物も含めて人間の身体情報をある程度、数式として測定できる能力が備わっている。

ぼくはこれで容疑者とメモリの適合率を算出できる。

禅空寺俊英の体質データはきわめてズーと相性の良いものだった。

「香澄お嬢さんはどうだ」

ぼくは少し答えを迷った。

「信じたい……と思っている」

「だったら信じきれよ。

『疑い抜いて、信じきる』ってのが俺のやり方だ」

「容疑者と依頼人をそれぞれ、ってことかい？」

「そうとも。まずそうしなきゃ俺は踏ん張れねえ。

そりゃ依頼人が犯人だったこともあるが、そんときゃ仕方ねえ。

自分の勘の鈍さを呪うだけさ。

でも一度敵を疑い抜いて、一度味方を信じ抜かなきゃはじまんねえじゃねえか」

「たしかにそうだね。

……ありがとう、翔太郎。また連絡する」

ぼくは通話を切った。

勇んで探偵交代を申し出たのに、結果病人の翔太郎に元気づけられて申し訳ない気がした。

もし翔太郎が健在ならすでに彼特有の直感でだれかに目星を付けていたかもしれない。

直接、対象の人間を翔太郎が見られないというのが痛い。

彼が現場で直感をぞんぶんに生かし、ぼくが冷徹にガレージでそれを分析する。

いつもの二人の関係がいかにベストバランスであったかを早くも痛感しはじめていた。

時計を見た。そろそろ一時になる。

亜樹ちゃんは禅空寺家の人間関係を洗いに、事務所付近の情報屋に連絡をしたり、この近辺で情報収集をしたりで別行動になっている。

さっきから続々と関係者の資料がスタッグフォンにメールで届いている。

ぼくらは新藤敦の素性などをまったく詳しく知らないのだ。これは助かる。

照井竜たち超常犯罪捜査課は屋敷の立ち入り調査中だ。

兄弟たちがすべてホテルに来ているのもそのためだろう。

自分はどうしよう……そう思ったときだ。

ここに来たときから気になっている物が視界に入ってきた。

眼下に広がる親子山。その親山にそびえ立つ黒い建物。

禅空寺俊英に聞いても相変わらず、

「代々の別荘的な建物。今は廃棄《はいき》されている」

という気の無い答えしか返ってこない。

自然と身体が動きはじめていた。


一方、事務所のベッドの翔太郎も亜樹ちゃんからメールで受け取った関係者の資料をチラチラと眺めていたという。

そのとき、関係者の一人の顔を見て何かふと閃《ひらめ》く物があった。

だが翔太郎はいつもの状態では無かった。

またも急激に襲った悪寒《おかん》、目眩《めま》いが彼を自然と眠りに誘った……。

数十分後。ぼくは山道を歩いていた。

例の黒い建物へと続く、親山の山道である。舗装され、車も通れる子山の山道と違い、ここはほぼ完全な登山道と呼んでいい道だった。

ようやく中腹あたり。スッと崖に立ってみた。ホテルや屋敷から眺めるのとはまた別のアングルで風都海岸の景観が見えた。

不思議なものでここから見ると、今までは気にならなかったホテルや各施設が何か異様に目立つ気がしていた。

自然の側からのアングル、という感じだった。白いＺＥＮＯＮリゾートの施設が「こちら側」に食い込んできているかのような見え方をしていた。

「こうして見るとホテルは邪魔だな」

つい口に出してつぶやいた。

「君は兄たちの敵、という解釈でいいのかしら、翔太郎君」

声を聞いて、あわてて振り向いた。

やや上方の道に香澄さんが立っていた。

だが一見してもわからなかったかもしれない。

彼女はいつものドレスアップした姿では無かった。登山仕様というべきか。鍔《つば》の小さめの帽子にジーンズ地のパンツやジャケットを身につけていた。

「香澄さん、どうしてここに?」

「こっちの台詞《せりふ》よ」

「あの建物を見たいと思ったんだ。お兄さんに聞いても相手にしてくれなくてね」

ぼくは黒い建物を指差した。香澄さんはふーんという顔でうなずいた。

「ちょうどいいわ。私も行くところ。

所有者といっしょなら中も見られますわよ」

香澄さんは懐から鍵を出してみせた。そうだ、この山もあの建物も彼女の物だった。

「いいのかい?」

「もちろん。ついてこれたらの話だけど。

ここからの急勾配は見た目よりずっとキツいから」

そう言うと香澄さんはそそくさと歩き出した。

また勝手に文化系のように決めつけられた。

ぼくは少しムキになって登る速度を上げた。

たしかに上に行くほど道は狭くなり、勾配はきつくなっていった。

香澄さんがここにふさわしい格好で来るわけだ。

ぼくは必死に涼しい顔をつくり、ときにはひょいひょいっと斜面をショートカットして彼女を抜いた。

彼女もおもしろいぐらいに呼応した。

道慣れしている彼女のほうがおおかたの局面でぼくを引き離した。

ようやく親山の斜面を越え、山頂部に近くなった。

勾配が無くなり、木々の向こうに黒い建物のとんがり頭だけが見えた。

ぼくたちは息も荒くその場にへたり込んだ。

どちらともなく笑いはじめた。

「ははっ、意地っ張りだなあ」

「どちらが？　ふふっ」

ぼくは帽子を取って汗を拭いた。

香澄さんも同じことをした。

うっすらと濡《ぬ》れたうなじが美しく見えた。

そのとき、帽子におさまっていた亜麻色の髪の毛がさらっと流れて垂れ下がった。

ぼくはその香澄さんを見て、あっと思った。

髪の色こそ違えど、それはポストカードの若菜さんのストレートヘアと同じ髪型だった。

「その髪型……」

香澄さんがフフッと笑った。気づいた？　という顔だった。

「この髪型のほうが翔太郎君のモチベーションが上がるんでしょ？」

「か、からかわないでくれたまえ」

やはり禅空寺の女性だ。挑発に関してはエキスパートだ。

極小のビキニで待ち構えているよりはマシだが。

「あら、私には似合わない？」

「そんなことは無い。

むしろ今までの君でいちばんいい。ファッションも含めてね」

思ったとおりを正直に言ったつもりだった。

だが、ぼくをからかうモードだった香澄さんのトーンが急に落ちた。

会話が途絶えてしまった。

あれ？　どうしたんだろう。

完全に弱みを握られた、と思っていたぼくは追撃がこないので拍子抜けしていた。


そのとき、鳥の羽ばたきが聞こえた。

ズーの襲撃を頭に置いていたぼくは一瞬驚いたが、すぐにそれが小さな本物の鳥の音とわかった。付近の枝に一羽の鳥が止まっていた。

「モズだ。アカモズだね」

ぼくの一言に香澄さんは驚いたような顔をした。

「よく一目でわかったわね」

「絶滅危惧種《ぜつめつきぐしゅ》だろう？　以前興味を持って調べたことがある。

本物は初めて見た……」

彼女は信じないだろうが、ぼくはおそらく絶滅危惧種に関しては世界一詳しい。

もちろん地球《ほし》の本棚で閲覧したからだ。

それだけじゃない、「たこ焼き」にも「餅」にも世界一詳しいと思う。


ぼくは一つ興味を持つとどうしてもその知的好奇心を抑えられないのだ。

何日も不眠不休で検索にはまり続け、あらゆる活動に支障をきたす。

翔太郎が「知識の暴走特急」と呼んで恐れる現象だ。

最近では注意するようにしているが、こればかりはいつどこで発動するかわからない。

もう一つ、警戒すべきは「無知」だ。

過去の記憶が無く、組織の実験場でガイアメモリ製作の生体部品のような扱いを受けてきたぼくは、世間の人間がだれでも知っている常識を知らない。

なにしろ地球《ほし》の本棚は膨大だ。当然すべてを閲覧できるはずなどないのだ。

だからだれも知らない専門的な知識を極めているくせに、ぼくは幼児でも知っているようなことを知らなかったりする。

出会ってコンビを組んだころ、「ジャンケン」を知らなかったぼくに翔太郎は驚愕した。

もちろんすぐさま興味を持ってその成り立ち、世界的な三すくみのバリエーション、必勝法などを三日三晩閲覧しまくった。このはまりように翔太郎は二度驚いた。

今でも香澄さんを相手に突然知らないことが出てくるんじゃないかとヒヤヒヤしている。

かなり風都の生活にもなじみ、仲間も増えた今ではさすがに「ジャンケン」級は減ったが油断はできない。

「詳しい人がいて嬉しいわ。兄たちには全部『鳥』だろうから。

ここらへん、よく早贄《はやにえ》を見かけるのよ」

「捕まえた虫などの餌を木の枝なんかに刺しておく、あれだね」

言ってから一瞬んっ？　となった。

突然鮮烈に昨日のズー・ドーパントの様子が思い起こされた。

警備の人間を屋敷の鉄柵に放り捨てようとして奴はたしかにこう言った。

「ハヤニエにしてくれる」

早贄……そもそもめったなことでは人が口にしない単語に思えた。

考えごとをしているうちにいつの間にかぼくらは黒い建物の付近まで来ていた。

遠くからは教会のようにも見えた、それは古い木造の屋敷だった。

邸宅というよりは半分ロッジに近いような造りに見えた。各部のディテールが相当凝っていて、設計者のセンスを感じる建物だ。老朽化はしているがなかなかに魅力がある。

カチン、と香澄さんが鍵を開けた。

そのスムーズな開閉は意外とこの建物に頻繁に人が出入りしていることを裏付けている。

ぼくは香澄さんに続いて中に入った。彼女が電気をつけるや、周囲が明るくなり薄暗かった部屋のその全貌が窺《うかが》えた。

ああっ、とぼくはうめいた。

中はすごい数の写真や資料が整然と並んでいた。

資料庫だ。それも半端な数ではない。

狸や狐、リスといったほ乳類、野鳥の類《たぐい》、昆虫、植物、果実、そして海産物。海に棲む魚類・甲殻類……。驚くほど多岐にわたった物だった。飾られた写真は多少色あせてはいるが、動物たちの自然な一コマをみごとなまでに躍動的に捉えている。

コケや野草、昆虫など多少の標本もあった。

だが、昆虫や甲殻類などの標本には抜け殻が多く、悪趣味な剝製《はくせい》などはほとんど見受けられない。この所有者の深い自然愛・インテリジェンスが感じられた。

どことなく親近感の湧く部屋だった。まさにぼくの地球《ほし》の本棚に近いものがある。たまらなくツボを突かれた感じがした。

「すごい……これは個人がまとめたものなのかい？ぼくはここになら何日でもこもれる自信があるよ！」

ぼくは少し興奮して周囲を見回した。

香澄さんはそんなぼくをしばし見ていたが、やがて口を開いた。

「これはね、すべておじいさま……禅空寺義蔵のまとめた資料なの」

ぼくの動きが止まった。

そうか、そういうことか、大自然の使者とは……！

「生物学の研究は学生時代からのおじいさまの一番の趣味だったそうよ。

ここはそんなおじいさまのための家」

俊英がこの家の話に良い顔をしないわけである。

香澄さんはぼくに語った。

地元の有力者としてこの土地の支配者に納まってからも禅空寺義蔵の生物学研究は続いた。

彼は知った。この風都海岸近辺に棲息する生物たちは、日本全体を見ても驚くほどの種類の豊富さを誇っている。これを乱さないように我々一族は生計を立てていくべきだと。

義蔵は農林水産業のすべてにおいて、乱獲や自然破壊にならないよう一族を厳しく管理してきたのだ。

だが、改革者である息子・惣治の台頭で義蔵は権力の座を追われた。

そしてこの家に閉じこもることが多くなった。

「でも……私はそんなおじいさまの家のほうが好きだった。

兄や姉との小競り合いに疲れた私をおじいさまは温かく迎えてくれた。

そして亡くなるまでの数年間、いろいろ教わったわ。

動物のこと、鳥のこと、虫のこと……」

「ちょ、ちょっと待ってくれ、香澄さん。それはつまり……」
香澄さんはぼくの問いをすべて聞かずに続けた。
「だから私は父に頼み込んでこの山と海岸と家をもらったの。
父はね、言われるほどお金の亡者ではなかったのよ。
一族の繁栄のために仕方なくビジネスを拡大した。
そして、欲深く勝手な一族を束ねるには多少荒々しい手を使わざるを得なかった。
おじいさまもそれがわかっていない人ではなかったわ」
香澄さんの怒りが静かに増していく。
「でも兄と姉は違う。最初から財産があって当然としか考えてない。
与えられた取り分の大きさしか考えていない人たちよ。
兄たちに渡したら必ずこの家も自然も奪われてしまう！
渡してはいけないのよ、あの人たちには！」
「自分でわかっているのかい？
今、香澄さんは……脅迫者と同じことを言っているんだよ」
さすがに香澄さんが黙った。
ぼくの心が予想外の事態に混乱し、鼓動が速くなった。
昨日の襲撃時もアリバイが無く……。

祖父・義蔵の信奉者であり……。
自然破壊を推進する兄と姉を憎んでいる……。
あらゆるピースがはまりすぎている。
彼女がドーパントである、という解答に対して……！
古びた匂いが香る部屋に沈黙の空気が流れた。
香澄さんはいつもの強烈な瞳でぼくをずっと見つめていた。
心を試されているような気がした。
なぜか、自然と口をついて言葉が出た。
「ぼくは……君を信じるよ、香澄さん」
えっ、と彼女の表情が崩れた。
「なぜ？　あなた、思ったんじゃなくて？
私が犯人なんじゃないか、って……」
「可能性はある。遺産云々《うんぬん》よりもそういう動機のほうが説得力も感じる。
でも、君じゃない。そう信じる」
「もう一度、お聞きするわ。
……なぜ？」
「君もぼくを信じてくれたからだ。ぼくも信じるよ。

依頼人はまず信じきる、それが左翔太郎のポリシーだ」
事実だった。受け売りだが、それは翔太郎自身のポリシーなのだから。
ぼくもじっと香澄さんを見つめた。
視線の対決に負けたかのように、香澄さんのほうがフッと目をそらした。
その口元が微笑を漏らした。
「本当に変わってるわ、あなた」
「君が言えることじゃない」ぼくも笑顔を返しながら言った。
「私、本当につきとめてほしいの、犯人を。
おじいさまが生き返ったなんて信じられない。
でも、あまりに犯人の言い分が他人に思えなかった」
「だから言ったんだね。
『もし私が犯人なら、私を捕まえて』、と」
今、初めて彼女の本当の依頼がわかった気がした。
脅迫行為を止めたいのもあるだろう、屋敷の者たちを守りたいのもあるだろう。
だが、彼女の真の欲求は真犯人を知ることなのだ。
彼女自身の中でもその感情が未整理のままだったのかもしれない。
それを見いだして、遂行してあげるのが探偵ではないのか。

「理解したよ、香澄さん。君の望みを叶えるために全力を尽くす」

ぼくたちは見つめ合った。

お互いへの信頼がかすかに上昇した気がした。

そこで、スタッグフォンのコールが鳴った。亜樹ちゃんだ。

「ぼくだ。どうしたんだい、亜樹ちゃん？」

耳を当てるや否や、非常時のテンションで亜樹ちゃんの金切り声が聞こえてきた。

「ドーパント出たよ！　例の一人動物園！　麗子さんが殺されちゃう！」

「！」

ぼくは反射的に香澄さんの顔を見た。


時間は五分ほど前にさかのぼる。

情報収集を終えた亜樹ちゃんはホテルへの帰路についていたらしい。

ぼくが親山の調査に行っていることは連絡済みだった。

亜樹ちゃんはその途中で海岸の人だかりに気がついた。

どうやら禅空寺麗子のPR写真の撮影が行われているようだった。

輝くレフ板の向こうに麗子や新藤、そしてホテル関係者たちの人だかりが見えた。

さらにそれを取り巻く警護の警察官たちの中におなじみの赤いジャケットもあった。

「竜くーん」

近づいていくとやはり照井竜、そして真倉刑事もそこにいた。

「やあ所長」

「あー、麗子さんの護衛か。ご苦労様ぁ。あれ。刃野刑事は？」

「ほかの警官たちと禅空寺俊英のほうを見ている」

半身を乗り出しだらしない笑顔で麗子の水着姿を凝視している真倉刑事に気がつき、亜樹ちゃんはその耳元でささやいた。

「マッキーもＣＥＯのほうに行けばぁ？」

「うわっ！」夢中だった真倉刑事が耳元の声に焦ってのけぞった。

「お、脅かさないでよ。言っとくけど、俺は刃野さんとの決死のジャンケン七回戦に勝ってここにいるんだ！　いわば人生の勝者だよ！」

「どいつもこいつも、ボイン目当てかい！」

と言いつつ、亜樹ちゃんも撮影に目をやった。

禅空寺麗子の圧倒的な肉感は陽光と青い海の中でより強烈にアピールされていた。

「うーん……あるところにはあるもんだねえ……不公平やわ」

「無いところには無いもんねえ」

真倉刑事がうかつな発言をした。

電光石火のスピードでパコン！　と亜樹ちゃんのスリッパが真倉刑事に炸裂《さくれつ》した。

『禁句を言うたな！』と書かれたスリッパだった。

「このエロ刑事が！　チクるぞ！　国にチクるぞ！」

亜樹ちゃんの連発がはじまった。

「痛たた！　ちょ、ちょっと待って、これはれっきとした公務ですよ！」

撮影スタッフが何事かと亜樹ちゃんたちをチラチラ見た。

「よさないか、二人とも。撮影の邪魔だ」

照井竜が二人を制し、一瞬麗子から目を離したとき、

「うわあああああっ！」

複数の人間の悲鳴があがった。

気がつくと麗子の周囲のスタッフ、新藤らがすべてはね飛ばされていた。

驚いた麗子が後ろを振り向き、海のほうを見た。

海中から水柱を上げ、ズー・ドーパントが飛び出した。

照井竜が「！」となったが遅かった。

ズーは麗子を蛇のような触手で縛り上げてしまった。

警官たちは攻撃ができなくなった。

「次は海を汚すつもりか？」

低い声でズーが麗子につぶやいた。

恐怖から悲鳴をあげることもできず麗子は震えた。

「海の恐怖を知るがいい」

ズーはそのまま海に飛び込んだ。触手に引きずられる形で麗子もズルズルと海の中に引き込まれていった。

「モーターボートを用意してこい！　早く！」

「は、はいっ！」照井竜の指示で真倉刑事たちは素早くホテル方面に走った。

「所長、フィリップに連絡を！」

照井竜は海中を進む影を追って走り、やや離れた岩場の上に立った。

海岸の人間たちからは姿が隠れる場所であった。

「アクセル！」

照井竜は変身ベルト・アクセルドライバーを装着し、メモリを差し込んだ。

「変ッ……身！」

「アクセル！」ベルトが発動した。

赤い閃光《せんこう》が走った。

海中に飛び込みながら照井竜は仮面ライダーアクセルに変身した。

以上があとで亜樹ちゃんから聞いた経過だ。

当然このときには亜樹ちゃんにも説明の余裕など無く、ただただ目の前の危機に対する動揺だけが押し寄せてきた。

「竜君が変身して戦ってるの！

このままじゃ麗子さん溺れ死んじゃうよおおっ！」

「わかった、すぐ行く！」

ぼくはスタッグフォンを閉じた。

「香澄さん、ドーパントに禅空寺麗子が襲われた！」

「えっ！」

「これで君のアリバイはぼくが証明できる。

早くホテルに戻るんだ。いいね」

ぼくは素早く外へと駆け出した。

「翔太郎君！」背後から香澄さんの声が聞こえた。

外へ走り出したぼくはスタッグフォンでまずリボルギャリーとホテルに停車しているハードボイルダーを動かした。自動操縦で両車両が合流できる、海岸にいちばん近いポイントを指定した。

そのあとすぐに翔太郎にコールした。

だが、なかなか出ない。どうしたのか。

ぼくが少し焦っていると翔太郎が出てくれた。

「あ……ああ、フィリップ……すまんっ……」

「変身だ！　頼む、翔太郎！」

山道を駆け下りるぼくに追走していたファングが宙を舞い、手におさまった。

ジョーカーメモリがベルトに転送されてきた。素早くそれを押し込む。

ファングが跳ねて、変形しぼくの手元におさまった。

「ファング！」

「変身！」

「ファングジョーカー！」

ぼくは急な山道をジャンプしながら変身した。

Wファングジョーカーとなったぼくたちは猛然と木々の間をすり抜け、すさまじいスピードで海岸へと向かって走った。

海中ではアクセルが苦戦していた。

ズーの位置を狙って飛び込んだアクセルは足部裏のロケットブースターを噴射させ、

ズーにしがみついた。だが重量が重いアクセルは水中戦には向かない。

見ると猛スピードで進むズーに麗子は水中で引きずられたままになっていた。

このままでは！　アクセルが焦った。

なんとかブレードで触手を切断しようと試みた。

突然ズーの顔面に大きな牙が生えた。

頭部をかまれたアクセルはついにズーから引き離されてしまった。

ああっとなりアクセルは手を伸ばした。

ズーは一瞬勝ち誇った。

だが、なんとかぼくたちは間に合った。

アームセイバーが触手を切断、麗子を解放した。

ズーは「ウッ」となり、見やって仰天した。

そこには水中用の装備・ハードスプラッシャーに乗ったぼくたち、Wファングジョーカーが駆けつけていた。

ぼくはアクセルに指で「麗子を救え」と指示した。

アクセルは瞬時に理解し、彼女の救援に向かった。

それを妨害しようとするズーにぼくたちはハードスプラッシャーの小型魚雷を発射した。

水中に巻き起こる爆発。その中から飛び出したズーをスプラッシャーで追撃する。

並ぶように潜航し、体当たりを繰り返しながらWとズーの戦いは続いた。

ハードスプラッシャーのスピードならさすがにズーに負けてはいない。

巨大装甲車リボルギャリーにはハードボイルダー用の換装《かんそう》テールユニットが搭載されている。

緑のユニットは高加速用のダッシュブーストユニット、赤は空中戦用のタービュラーユニット、黄が水中戦用のスプラッシャーユニットである。ハードボイルダーはこの換装によって陸海空どこでも戦える万能バイクなのだ。

それでもズーは強かった。

これはイルカか、それともサメか何かの力なのだろうか。

水中での激突力はハードスプラッシャーのボディがきしむほどのものだった。

「早く決めないとまずい。マキシマム、行けるよね⁉」

《あ……ああ……！》

翔太郎の返事が一拍、いつもより遅く返ってきた。

ズーが上方で反転し、こちらに迫ってきた。

ぼくはファングのレバーを素早く三回弾《はじ》いた。
「ファング・マキシマムドライブ！」
ファングジョーカーの脚部に巨大なブレードが現れた。
ハードスプラッシャーを蹴り、身体を高速回転させた。
それが海中に渦を巻き、ズーの動きを鈍らせた！
「《ファングストライザー！》」
二人の声が合わさり、必殺の回転キックがズーに向かった。
ズーも必死に体勢を立て直し、身体を回転させて爪で突進してきた。
両者の攻撃が激突した。
ぼくはうっとなった。
なにか左右のバランスが悪いと感じたのだ。
翔太郎の側、ジョーカーサイドの力が出しきれていないと思った。
《う、うううう……》
翔太郎が必死に力を振り絞っている声が聞こえてくる。
だがどことなく苦しそうだ。
そういえば先ほどからすべてにおいて精彩が無かった。
「翔……太郎……⁉」

瞬間、強大なエネルギーが炸裂《さくれつ》し、水中で爆発のような現象が起こった。

ぼくはその衝撃と潮流に吹っ飛ばされ、一瞬意識を失った……。


このあと、アクセルは麗子の救出に成功したらしい。

折よく真倉刑事たちのモーターボートが接近、変身を解いた照井竜が麗子を抱きかかえて泳いでいるのを発見した。

照井竜が人工呼吸を試み、麗子はなんとか一命を取り留めた。

麗子は付近の病院に緊急搬送された。


「ううっ……」

ぼくは目を覚ました。そこは海岸線の果て、複雑な入り江と崖が融合した場所だった。はみ出して繁殖している木々がまだここが人間に整理されていない土地の一部であることを告げている。ということはここは香澄さんの所有地にあたる、ということになるのか。

ぼくの変身は解けていた。

翔太郎の身を案じ、ぼくは電話をかけた。幸いスタッグフォンはどれだけ水に浸かろうと衝撃を受けようとびくともしない。

だが、翔太郎が今度はまったく出てくれない。

「翔太郎？」

そのとき、じつは事務所では翔太郎が昏睡《こんすい》していたのだった。

彼の「人生最大の風邪」はここに最大のピークを迎えていた。

早くぼくのために治さなければと、医者から強めの薬をもらっていたのも間が悪かった。

意識が無くてはいくら精神だけの転送とはいえ、そもそも不可能になる。

ぼくも翔太郎の症状の悪化を予想していた。これは相当まずい。

翔太郎も心配だが、ぼくのほうもだ。

もはやWとして戦う選択肢が完全に無くなったことを自覚していた。

ちゃんとズーは倒せたのだろうか。

いずれにせよ、この複雑な入り江を上に登ることも、泳いで海から陸へ戻ることも困難だ。

自力での帰還は難しそうな気がした。亜樹ちゃんか照井竜に連絡をとる手もあるが、一刻も早くこの場を離れたほうがいいと、直感が教えていた。

スタッグフォンを操作したがハードスプラッシャーも応答しない。

激突の際に通信機能でもトラブったのだろうか。

スタッグフォンの操作画面の表示が不可になっている。

「……エクストリームを呼ぼう」

ぼくは意識を集中した。

独特の機械的な鳴き声とともに鳥形のメモリが飛来した。

これがエクストリームメモリ。

ファングと並ぶぼくの守護者であり、W究極の形態への鍵でもある。


エクストリームの最大の特徴はぼくをデータに変換して完全に収納できてしまうことだ。

つまりこのメモリに吸収されれば、ぼくはどこへでも移動できる。

この能力がぼくと翔太郎を「完全なるW」へと導いてくれる。

もっとも翔太郎不在の今、そのWの力は使いようが無い。

ある種の脱出装置として機能してもらうのみだ。

飛来したエクストリームがぼくに近づき、その緑色の光でぼくを包み込もうとした。

そこへ何かが飛び込んで来た。

その黒い何かの影は、ほぼエクストリームと同じサイズだった。

いきなりその影はエクストリームに「くらいついた」。

エクストリームの翼の一部がかみ砕かれ、飛行を保てず地面に落ちた。

そのとき初めて襲撃者の全貌が見えた。

ぼくは驚いて、もう一度目を凝らした。

黒いファングのように見えたからだ。

ファングのように洗練されてはいないが、そのフレーム構造・デザインはまさに「機獣」だった。ガイアメモリの胴体にライブフレームの手足が装着されている。

恐竜というより狼に近いが、コンセプトが同一なのは間違いない。

胴体部分のメモリには、遠巻きに「Ｚ」の文字が見えた。

これだ、これがズーなのだ！

ズーはファングと同じように「動き回るメモリ」だったのである。

これでは捜索しても絶対に見つからないだろう。

そして、犯人がまだ無事であることも証明されてしまった。

「ファング、来てくれ！」

ぼくの呼び声に崖の上からファングが飛び出した。

ズーメモリをエクストリームから引きはがそうと戦いを挑んだ。

ぼくは犯人の姿を探し、周囲を窺《うかが》った。

と、洞窟のように切れ込んだ岩場の奥に人影が見えた。

そいつがゆらりとこっちに近づいてきた。

「おまえがズーの正体か？」ぼくは問いかけた。

「ズー？　違うな」

ズーのしゃがれた声ではなかった。朗々たる男性の声に聞こえた。

ぼくがえっとなる中、そいつは姿を現した。

ドーパントが立っていた！

「別の……ドーパント！」

新たな敵の出現にぼくは戦慄した。

たしかにそいつはズーとはまったく違っていた。

全身は真っ黒。なんの差し色も無い。しかもディテールもほとんどない。

ドーパントとしての特徴をかろうじて顔面に残しているが、それも鋭く輝く二つの目のみ。

鼻も無ければ口も無い。胸の中央のくぼんだ円以外は目立つパーツなど一つもない。
まだらでハイディテールなズーとは対照的な存在だった。
「Ｗだな、おまえ」
ぼくの戦慄はさらに高まった。
ぼくらを「仮面ライダー」ではなくいきなりＷと呼ぶ相手の危険度は高い。
組織の情報にかなり近い人間である証拠だからだ。
黒いドーパントが迫ってきた。
「ファング！　そいつを攻撃しろ！」
ファングはズーメモリへの攻撃をやめ、新たなドーパントに向かった。
それはズーがエクストリームを離し、逃亡するのとほぼ同じタイミングだった。
エクストリームは翼のバランスを失い、地面に不時着した。
ファングが咆哮《ほうこう》とともにドーパントに飛びかかった。
ドーパントが軽く掌《て》を上げてガードした。
すると、どうしたことだろう。ファングが突然脱力した。
パタリとファングは地面に落ちて動かなくなった。
何が起こったのか、まったくわからなかった。
「俺が触れた物は無になる」

ドーパントが笑いを含みながらつぶやいた。
だめだ、ぼくを守る者はもうだれもいない。
もうあとずさりしかできなかった。
ドーパントがスッと手を上げた。
その瞬間、銃撃音が響いた。
黒いドーパントは上方からの銃撃をくらい、見上げた。
そこには赤い銃を構えた、全身黒ずくめの女がいた。
目深にかぶった黒い帽子の下は包帯の巻かれた顔にサングラス。
こんな格好をしている人間はまずほかにはいない。
ぼくのよく知る人物だった。
「シュラウド！」ぼくは叫んだ。
ぼくたちを陰から支援する謎の存在・シュラウドと呼ばれる女性だった。
シュラウドはぼくに何かを投げた。
宙を舞う銀色の物体をその手でつかんで、ぼくは目を見張った。
それは片側だけスロットがついたダブルドライバーだった。
「ロストドライバー……！」
鳴海荘吉がかつて「スカル」と呼ばれる仮面ライダーに変身したとき、身につけていたと言われるものだ。それと同型の物が今ぼくの手に……！

シュラウドはこくりとうなずいた。

黒いドーパントがぼくに迫ってきた。

シュラウドが発砲するが、最初は奇襲に驚いただけだったのか今度はまったく動じない。

迷っている余裕は無い。

ぼくはドライバーを装着した。

所持しているメモリはサイクロン・ヒート・ルナ。

選択肢は一つしかない。ぼくといちばん相性の良いメモリだ。

「サイクロン！」メモリが鳴った。

ぼくはそれをスロットに装塡《そうてん》すると、自分を落ち着かせるように顎に右手を当てた。

「変身！」

その手でそのままスロットを開いた。

「サイクロン！」

緑色の光があふれ、突風が吹き荒れた。

黒いドーパントがムムッと身構えた。

変身が完了すると、ぼくは我が身を見た。

初めて一人で仮面ライダーに変身した。

思わず両手を見た。

Wになったときの視界から見える、左右色違いの手が、今は両方緑色だった。

自分が全身緑一色の仮面ライダーになっていることを自覚した。

風がやみ、首の一本のマフラーがふわりと垂れ下がった。

「貴様は……」ドーパントがつぶやいた。

「今名付けよう……ぼくは……」

一歩歩みでて、胸を張ってぼくは答えた。

「仮面ライダーサイクロンだ……！」

後章

「Zを継ぐ者／大自然の使者」

1

仮面ライダーサイクロンとなったぼくと、黒いドーパントの戦いがはじまった。

素早い動きで攻撃を繰り出した。

相手が反撃し、格闘戦となる。

互角だ。いや、それ以上だ。

スピードによって研ぎすまされたサイクロンの一撃は、空気による切断力をも伴って、ドーパントのボディに切り傷をつけていった。

「こざかしい」

黒いドーパントはポツリと言い放つと、ぼくのパンチを掌《て》で受け止めた。

そのとたん、ムニゥンといった感じの、不思議な音がした。

殴った右腕が突然の脱力感に襲われた。

「！」

見るとだらりと右腕が力を失い、垂れ下がってしまっていた。

まるで自分の腕では無いかのようにぴくりともしない。

これは先ほどのファングと同じ状態だ。

敵の掌がぼくの顔面をつかもうと迫ってきた。

それを半身を反らしてかわし、ぼくはそのまま横に逃れ、相手との距離をとった。

見えた。そして理解した。

全身がシンプルな黒いドーパントの身体の中で、今一瞬見えた掌のみがびっしりとハイディテールで埋め尽くされていた。

それは歪《ゆが》んだ楕円《だえん》が幾層にも重なり合っているようだった。

俺が触れた物は無になる、と彼は言った。

このドーパントは掌で触れた物のエネルギーをその瞬間にゼロにできるのだ。

やっかいな相手だ。例えば、もしミサイルを打ち込んでもこいつが掌で受けた瞬間にそれはただの鉄の塊に化けるということだ。

「ゼロ……か。おまえのメモリは」

それは推測だったが、この能力の概念を表現する単語がほかに見つからなかった。

「さすがＷだ」

ビンゴだ。新たな敵はゼロ・ドーパントだった。

「それがわかるなら、俺にかなわないこともわかるよな……」

じりっ、とゼロが迫り再び猛烈な勢いで掌を突き出してきた。

こちらが勝るのはスピードのみだ。とりあえず掌に触れられることだけは避けねば。

ぼくは大きくジャンプした。

そのときだ、風を受けたぼくの全身に何かが湧き起こるのを感じた。

力だ。力があふれてくる。

見ると脱力していた右腕が急激に回復し、感覚が戻ってきている。

ぼくは着地し、反撃した。

そのスピードの増加にかすかに相手が戸惑った。

バシッ！　ドスッ！

掌の攻撃をよけ、ぼくの攻撃が的確にヒットしはじめた。

ぼくは攻撃にジャンプを多く取り入れるようにしてみた。

相手が翻弄されるだけではない。

跳躍《ちょうやく》するたびに身体に勢いが増している気がしていた。

戦いの中ぼくは原因に気づいた。

風だ。動き回ることにより風が体内に吸収されるのだ。

サイクロンの全身に刻まれたライン、その隙間から終始空気が吸収されていることを知った。そのたびにぼくは力をわずかずつ回復している。

そうだ、これがサイクロンの能力なのだ。今までは半分翔太郎サイドのメモリと合成されたWだったため、この効能が実感できていなかった。

サイクロンだけの単独戦闘を経験して、初めてその効果が体感できたのである。

とくに格闘戦主体のサイクロンジョーカーにおいて、ぼくと翔太郎はサイクロンのこの見えざるスタミナアップ効果に救われ続けていたわけだ。

ぼくはより高く跳び、より速く動いた。

そのたびにゼロに加えるダメージが増加した。

風が叫ぶ、風が唸《うな》る。

ぼくの身体の中で渦を巻き、嵐となる。

大自然のエネルギーがこのぼくの力だ。

香澄さんの山が、海が、味方をしてくれている。

相撃ちのような形でぼくとゼロは蹴りをヒットし合い、跳ね退いた。

「ムッ！」「グッ！」

ぼくとゼロの変身者とでは格闘能力に大きな差があるようだ。

サイクロンの風のアドバンテージがあっても、やはりゼロが勝っていることには変わりはない。ぼくは起死回生の一撃を狙った。

サイクロンメモリを抜き、右腰のマキシマムスロットに装塡した。

格闘の必殺技はここで発動させるのだ。

「サイクロン・マキシマムドライブ！」

全身のパワーが高まり、風の力が一気にふくれあがった。
キック・パンチは敵の掌で受け止められるリスクが大きい。
ぼくが反撃の一撃として選んだ最速でもっともとらえにくい技は「手刀」だった。
敵に向かって風を巻きつつ突進した。
一気に手刀を振り下ろした。ゼロは掌でそれをつかみ止めようとした。
だが、こちらのスピードがわずかに勝った。
ゼロのつかもうとする掌を一瞬早くすり抜け、ぼくの一撃が右肩口にヒットした。
「ぐっ」となり、ゼロが苦悶《くもん》し、飛び退いた。
右肩を押さえたゼロは、だがまだ戦闘態勢にある。
メモリブレイクには至らなかった。
やはりこちらも多少の恐怖心があったのか、攻撃が浅かったようだ。
「やるねえ。警戒しないといかんな」
ゼロは大きく跳躍すると崖を越え、撤退していった。
逃がしたか、という気持ちにはならなかった。むしろ助かった。
シュラウドに感謝しなければ……。
だが、見渡すとシュラウドの姿は無かった。
ファングのか細い鳴き声がしたような気がして見上げると、いつの間にかシュラウドは地に伏したはずのファング、エクストリームを回収し、崖の上に立っていた。

ぼくの勝利を確認し、そのまま立ち去ろうとしている風だった。

「待ってくれ、シュラウド！」

ぼくは大きくジャンプして崖の上まで跳躍した。


崖はそのまま親山の膝元と直結している。

サイクロンの能力で素早く木を蹴って跳び、ぼくはシュラウドに追いついた。

シュラウドはゆっくりとこちらを向いた。

包帯にサングラスという不気味ないでたち。

まったくの無表情でありながら、この陰の支援者の仕草はそれでもなぜか優雅に見える。

「エクストリームは飛行制御盤に、ファングはエネルギー回路に若干のダメージを受けた。

私が回復させておくわ。その間はロストドライバーで身を守りなさい」

「……あ、ありがとう」

「礼には及ばない。

そもそも左翔太郎が健在ならばこんな危機には陥らない。

私への感謝よりは左翔太郎への失望を感じなさい」

……まただ。シュラウドは翔太郎の価値を非常に低く見ている。

たしかにWがエクストリームに進化した事件で、一時加速度的にぼくの力が上昇してしまい、翔太郎がついてこれずにWが変身不能に陥るという事態が起こった。

シュラウドはWとなってともに戦うパートナーとして翔太郎は限界であり、真のパートナーはほかにいると告げた。それがだれのことなのかはまだわからない。

アクセル・照井竜がそうなのではないかとぼくは見ている。

照井竜にアクセルドライバーなどの武装一式を与えたのもシュラウドだからだ。

だからWとアクセルには装備の互換性がある。

本来ダブルドライバーを持ってぼくの救助に来た鳴海荘吉こそ、ぼくとWになるべき人間だったのかもしれない。荘吉が死に、翔太郎とのWが誕生してしまったことはシュラウドとしては非常に不本意なことだったのだろう。

だが、翔太郎もぼくも、自らの価値、相棒の価値を再び見つめ直し、究極のWに進化することができた。翔太郎はシュラウドの予想を超え、次のステージにたどり着いたのだ。

ぼくはドライバーを閉じて変身を解き、サイクロンメモリを引き抜いた。

再び素顔でシュラウドと見つめ合った。

「今回の探偵交代はぼくのわがままだ。翔太郎はそれを聞き入れ、なおも病の中でぼくを支援してくれている。失望など感じるわけが無い」

「それが彼の甘さよ。自分の状態も顧みず」

「その甘さこそ、ぼくは必要だと考えている。Ｗは戦闘マシンであってはならない」

先の事件で落胆する翔太郎に投げかけた言葉を、ぼくはシュラウドにも伝えた。

鳴海荘吉の遺志を継ぐＷは、街の陰の守護者だ。

強いだけでも優しいだけでもいけない。両方が必要なのだ。

「……いずれあなたにもわかるわ。究極のＷの力を知れば」

シュラウドは背を向けて去っていった。

ぼくの考え方を青臭いと思ったのだろう。彼女の大きな苛立《いらだ》ちを感じた。

だが、不思議だった。その怒りの奥には何かぼくに対する別の感情も秘められているような気がする。翔太郎を否定したからといって、シュラウドを拒絶する気にもならないのは自分が直感的にそれを感じ取っているからではないか？

エクストリームを超える「究極のＷ」など存在しうるのか？

ぼくは手元のロストドライバーをじっと見た。

先ほどは有り難いと思ったドライバーも、今は妙に気を許せない感じに見えるようになってきた。ここには「不完全な翔太郎と組むぐらいなら一人で仮面ライダーになっていろ」というシュラウドのメッセージが込められているような気がしたからだ。


ぼくは山のほうへ上がるようにしながらホテル方面に帰還していった。

シュラウドが去ったあと、すぐさま亜樹ちゃんに電話連絡し、事態を説明した。

ぼくの無事に安心した亜樹ちゃんは、大急ぎで風都の仲間に連絡した。

もちろん翔太郎の様子を見るためにだ。

彼女自身も今晩は一度電車で戻って様子を見てくると言っていた。

いまだ電話に出ない翔太郎の容態は心配だが、そちらは亜樹ちゃんにまかせよう。


次に照井竜に連絡した。ここでぼくは禅空寺麗子の生存を確認した。

すくなくとも一人、容疑者から外れた。

禅空寺麗子はズーではないし、そのあと現れたゼロでもない。

ここでぼくは嫌なことに気がついた。香澄さんのことだ。

彼女はすくなくともズーではないことがわかった。だが、ぼくが戦いに出てから第二のドーパントが現れた。彼女がゼロではないとはぼくには言い切れない。

なんとかすぐに彼女が弓岡あずさなりだれなりに合流していてくれることを祈った。

ホテルに到着した。

ロビーでは刃野刑事が部下の警官たちをあれこれ手配しているところだった。

「刃野刑事」

「よお。また出やがったんだってな、ドーパント」

「照井竜は？」

「課長なら今病院からこっちに戻ってる」

「禅空寺俊英は？　彼はどこです」

「またアリバイ調査ですか、左君」俊英の声がした。

会社の役員たちとともに、彼が現れた。

「さあどうぞ、刑事さん。ご説明を」

俊英は勝ち誇っていた。

「あー、その……」

刃野刑事も「フィリップ君」と言いそうになるのを一度飲み込んで、しかも言いづらそうに口を開いた。

「ＣＥＯは今回の件は完全にシロだよ」

「えっ、じゃあ刃野刑事が……」

「そうとも。事件が起こってる時間帯の間はすくなくともずっと俺の視界の中にいた。社内会議の部屋もガラス張りの防音室にしてもらって外から見てたし、ほかはロビーで商談をいくつかしてただけだ。俺以外にも何人も警察関係者がいた。

こんなにガッチリしたアリバイはあんま無いぜ」

多少残念そうな目線を送ってくる。刃野刑事も俊英があやしいとにらんでいた証拠だ。

すくなくとも俊英はズーではない。

「騒動が起きたあとはどうですか？」

「真倉があわてて連絡してきて、ボートの手配とかを頼んだからなぁ。

そこからあとはバタバタしててわからん」

「それで充分ですよね。私が脅迫者でないことは立証できた」

去ろうとする俊英の右肩をぼくはつかんで止めた。それもやや強く。

「ちょっと待ってください」

「まだ、なんです？　何度も言うがほかに疑う相手がいるでしょう？」

「香澄さんのことですか？」

「そのとおり」俊英はぼくの手を払いつつ、笑顔で答えた。

「あいつは祖父にべったりだった。喜んでその名を騙《かた》るでしょうよ。

今でも学生気分の、自然愛好者のまま。

将来を見据えて自分の土地を開発することもしない。

使用人の長の弓岡をいまだにあいつの専任にしてるのも、それだけ手がかかるということです。

ま、それに香澄だけ母親が違いますしね」


それは亜樹ちゃんが集めた資料で知っていた。

禅空寺家はとにかく「嫁が居着かない一族」として有名らしい。

禅空寺義蔵の妻は惣治を出産後若くして病死。

惣治の妻・瑞枝《みずえ》は一族の中の有力者の娘だった。

だが自分との結婚は惣治が一族を束ねるための方便に過ぎないと感じた。

彼女は怒り、俊英・麗子を出産後、家を出た。

惣治はその後、だれとの間の子ともわからない香澄を一族に連れ帰った。

香澄は禅空寺の血族とはいえ一人だけ母親が違うのだ。

これも兄と姉が、彼女を快く思わない理由の一つなのだろう。

「父・惣治の子であることは残念ながら証明されています、医学的に。

でも、そんな母親の顔を見たことも無いような妹っていうのも……ねえ。

あいつだけが我が家の中で浮いている。

私にも、麗子にも、犯人は香澄としか思えない」

「だが……彼女は……」

ぼくは彼女のアリバイを知っている。

フォローの言葉を俊英は素早く切った。

「香澄だけですよ、まだ襲われてないのは」

たしかにそれは気になってはいた。

周囲の印象としても非常に良くないだろう。

「では失礼」

俊英は去っていった。またも勝ち誇ったような顔だった。

すくなくとも実の妹が死にかけた直後に、こんな顔ができる男は信用したくない。

しかし、いくらガイアメモリが容易に不可能犯罪を起こせるとはいえ、刃野刑事の証言はかなり決定的だ。ほかのメモリならともかくズーではその状況からは抜け出せない。

そして、ぼくの最初の挙動は別のあることのテストだった。

俊英がゼロだったという想定で右肩に強く触れてみたのだ。

先ほどのサイクロンとの戦いでゼロは右肩口にそれなりの大きな傷を負った。

人間に戻っても傷が残るレベルのダメージであろう。

だが服の真下は明らかに地肌で治療の様子は無かった。なにより俊英はぼくに止められた不快感以外、顔にまったく表情を浮かべなかった。

俊英はゼロでもない。

現状では完全なシロだった。


ぼくは香澄さんに連絡をとった。だが彼女はなぜか出てくれなかった。

弓岡あずさに連絡をとったところ、彼女のほうに戻ってもいなかった。

まさか、あのあと行方が知れないのか……？


ぼくはホテルの外に出ると青いデジカメを取り出し、それで手持ちの資料の香澄さんの写真を撮った。ギジメモリと呼ばれるガイアメモリタイプの思考型ＡＩをそこに差し込む。

「バット！」

デジカメは変形し、蝙蝠《こうもり》の形状をとった。

これはメモリガジェットと呼ばれる捜査ツールの一つ、バットショットである。

このようにギジメモリを装填することでライブモードへと変形、捜査・追跡や戦闘のアシストをこなしてくれる。

メモリガジェットは多数あって、ぼくと翔太郎が愛用しているスタッグフォンもその名のとおりスタッグビートル＝クワガタムシのライブモードに変形できる。

だが今連絡ツールに捜査に行かれては困る。

それにバットショットには画像認識能力がある。撮影した写真の顔を記憶し、該当する人物を発見したら通報・追跡してくれるという仕組みだ。

バットショットは翼をはためかせ、夕闇の空へと飛び立っていた。

その光景が昨日の蝙蝠たちの群れの羽ばたきを連想させ、ぼくの嫌な予感は高まった。


ゼロがもしズーの共犯者だとして、それが香澄さんだったとしたら。

するとズーは弓岡あずさか。首謀者はゼロのほうで弓岡はその実行犯。

目的は兄と姉を殺し、祖父の土地を守ること。

アリバイの固い俊英を疑うよりも、妙に筋道の通った推理のような気がしてきた。

そういう気がしてくること自体が嫌だった。


そこにバイクの近づく音がした。

ぼくは物陰に回った。

無人のハードボイルダーがホテルに戻ってきていた。

おそらく海中で孤立していたものをリボルギャリーを駆使してシュラウドが回収してくれたのだろう。そして再び陸上用ユニットに換装して戻ってきたのだ。

スタッグフォンの画面に操作可能の表示が復活している。

シュラウドの陰の支援に感謝はしたが、彼女の目論みとはおそらく逆の気持ちになった。

ぼくはハードボイルダーを見て翔太郎を思い起こした。

今、猛烈に彼に頼りたい気持ちだった。

ぼくは翔太郎に連絡を入れた。だが出ない。

そのとき、いったんコールを切ったこちらが逆にコールを受けた。亜樹ちゃんからだ。

「もしもし、亜樹ちゃん？」

ぼくは電話に出た。

「おー、フィリップ君！　翔太郎君、生きてたよー。

今、ちょうどこっちのスタッグフォンが鳴ったからさ」

「良かった。翔太郎はどうだい？　話せるかい？」

「え、話したいの？　今、ちょうど三人で寝かせたところで」

「三人？　だれがいるんだ」

「ウォッチャマンとサンタちゃん」


この妙な名前の二人はクイーンやエリザベスと同じ、翔太郎の支援者の情報屋たちだ。

みんなをまとめて「風都イレギュラーズ」とぼくらは呼んでいる。

イレギュラーズとは有名な古典探偵小説に登場する、主人公の支援者たちの呼び名を頂戴したものだ。


ウォッチャマンは自称・カリスマブロガー。

そのグルメブログは大変なアクセス数を記録しているという。

アフロヘアにヒゲ面の見るからにあやしい外見で、ブログを言い訳に美人の写真を撮りまくっているという説もあるが、基本的に気のいい男だ。

大変な情報通で危険な噂話の類《たぐい》を集めさせたら右に出るものはいない。


サンタちゃんは一年中サンタクロースの格好をしているという怪人物。

しかもスキンヘッドにサングラスなのだから、知らない人が見たら通報間違い無しだ。

そうならないのは彼がサンドイッチマンでつねに看板を持っているからである。

サンタの格好も玩具店の宣伝の仕事がいちばん多いからだ。

不思議なパントマイム風の動きと人柄の良さで、子供たちにも大人気らしい。

彼は街の働く人たちの裏事情に詳しく、翔太郎の調査をいつも助けてくれる。

これに学生ルートの情報網を持つクイーンとエリザベスが加わると街のかなりの人種の動向がつかめる。鳴海探偵事務所にとっては非常に有り難い協力者たちだ。

亜樹ちゃんの連絡でまずウォッチャマンとサンタちゃんが事務所に駆けつけた。

高熱で昏睡《こんすい》している翔太郎を介抱し、サンタちゃんは玩具コレクターの友人の開業医に頼み込んで往診に来てもらった。

そこに亜樹ちゃんも帰還、ようやく翔太郎の意識が回復し、医者が帰ったところだった。

「急な用でなければ今晩は寝かせといたほうが……あれ、翔太郎君？」

亜樹ちゃんが驚いた。ざわつくウォッチャマンたちの声もする。

「よお、フィリップ」

翔太郎がつらそうな声で電話に出た。

起きてきて亜樹ちゃんから携帯を奪ったようだ。

「翔太郎！　大丈夫かい？」

「……まああだ」

「つらかったら聞いてくれるだけでいい。

君に言われたことができなくなりつつある。

『疑い抜いて、信じ抜く』……それが……難しくなってきた」

「…………」

「ぼくはどうしたらいい。

どうしたら君のようにそれが貫ける？」

ぼくはすがるような声になっていた。

するとどうしたことだろう。

翔太郎は鼻でフンと笑うような声を出した。

「……おいおい、だらしねぇな、フィリップ」

「えっ？」

「俺は変身の最中にコテッといっちまうような病人だぜ。

休業中の探偵だ。役になんか立つか」

「そんなっ、翔太郎……」

「自分一人で考えろよ。何度も言わすな。

今、探偵は……おまえしかいねえ……ンだ……」

翔太郎は亜樹ちゃんに携帯を戻すとそのまま床に戻っていったようだ。

ぼくが予想外のことに呆然《ぼうぜん》としていると、携帯には亜樹ちゃんが出た。

「あー、もうまたひねたこと言って。ホントは心配なくせに。

じゃあ私、ウォッチャマンたちと情報交換したら一回そっちに戻るね」

電話が切れた。

ぼくは放り出されたような気持ちになって、ホテルの中に入っていった。

翔太郎に見放されたような気がした。

たしかに探偵交代はぼくの言い出したことだ。

でもそれをしないで依頼人を放っておいたほうが良かったというのか。

それこそ左翔太郎らしくないではないか。


翔太郎らしい……？

ぼくははっと気づいた。

翔太郎は時として真意とは逆向きの行動をとることがある。それはなんらかの真相にいち早く気づいたときだ。現状の打破に対して必要、と彼なりに決断したときそうなる。

次第に彼の言葉がぼくへのアドバイスと感じられはじめた。

ぼくには素っ気ない態度に聞こえたのだから、逆を返せばぼくへの強いメッセージということになるではないか。

「そうか……」気づいた。

「何度も言わすな。今は探偵はおまえしかいない」……これだ！

大前提を忘れていた。ぼくは今、左翔太郎なのだ。

代役だからできない、では済まされないのだ。

翔太郎ならどうするかを今一度真剣に考えてみた。

その答えなら、つい最近の事件にあったではないか。

翔太郎はぼくとWになれないという危機に陥った。ぼくとの関係はこじれ、自分のミスからみなを危機に陥れた。そのとき、絶望の中で翔太郎が気づいたのは、

「Wになれない俺にはもう探偵しかねえ」

ということだった。

翔太郎は事件の核心に触れるアイテムを必死に探し出し、犯人をつきとめた。それがぼくが彼の真の魅力を知るきっかけになったのだ。

そう、人間は今できることを全力でやるしかないのだ。

楽境だろうと苦境だろうとそれは変わらない。

ぼくは急激に闘志を取り戻した。

とりあえず当たれる選択肢はもう弓岡と新藤敦しかない。
二人の身辺調査だ。それが今、探偵・左翔太郎の代理にできるすべてだ！

2

夜になっても香澄さんは見つからなかった。

ホテル周辺はちょっとした騒ぎになっていた。

ついに香澄さんも何者かの手に、が半分。

残りの半分は逃走したか、というニュアンスだった。

「逃亡であってほしくはないな……」照井竜の声がした。

病院の警護を真倉刑事たちにまかせ、ホテルに戻ってきていたのだ。

「バットショットから連絡がまだ無い」

「こっちでも探している。落ち着け、フィリップ」

そういって照井竜はポンとぼくの肩を叩《たた》いて別のほうへ向かった。


ぼくは弓岡あずさに連絡をとって、ホテルの喫茶ルームで落ち合った。

彼女は明らかに動揺していた。

「左さん、お嬢様は……香澄お嬢様はどこへ……」

いつもの冷徹なムードとは真逆の狼狽《ろうばい》ぶりを見せていた。

すくなくともこれが演技とは思えない。思いたくなかった。

「今、ぼくも、警察も手を尽くしています。大丈夫、すぐ見つけます」

ぼくは弓岡の手をとり、励ました。

「でも、気になることがあります。教えてください。

弓岡さんは事件のあった時間、どこにいましたか」

「このホテルです」

「証言できる人はいますか？」

「もちろんたくさんの人間に会ってはいますが、事件のとき現場に確実にいなかったと証言できる方はいないと思います」

完全なアリバイは無い、ということになる。

「そうですか。もう一つ気になっているのですが……。

あなたはほかの兄弟の方の事件のときにはこんなに狼狽しませんよね」

弓岡がハッとした。そして静かにうなずいた。

「やはり香澄さんは特別な存在、ということですね」

「禅空寺家に仕える者として問題なのでしょうが……。

香澄お嬢様は……ええ、特別な方です。

私は義蔵様の代からこの家にお仕えしてますから。

香澄お嬢様はご兄弟の中でもいちばん義蔵様を大事に思ってくださる方でした」

「それゆえ、ご兄弟とは対立していますね。彼らは香澄さんが犯人だと思っている。ぼくはすくなくとも事件のときいっしょにいたので、彼女がズーでないことは証言できます」

「ズー？」

「脅迫者の使っているガイアメモリの名前です」

「そのズーが出たとき、左さんとお嬢様はどこに？」

「禅空寺義蔵の屋敷です」

「ご覧になったのですか、あれを」

「とても価値の高い研究施設だと思います。管理も行き届いている。香澄さんだけでなく、あなたもお手伝いを？」

「はい。そもそもいちばんあそこを大切に管理していたのは先代の惣治様でした」

なるほど。香澄さんも言っていた。

禅空寺惣治は傍《はた》で言われるほど父とは対立していなかったと。

だからこそ自分も大事にしている屋敷と親山を香澄さんに託したのだろう。

「あなたも……」弓岡がぼくを見つめた。

「あなたも香澄お嬢様が犯人だとお思いですか、左さん」

「本人にも言ったが、ぼくは香澄さんを信じます。それを前提に調査を進めるつもりです」

ぼくはきっぱりと答えた。

弓岡あずさは嬉しそうに微笑んだ。

やはり少しずつでも調査を前進させることは大事だった。この女性が悪意の人ではないと、感じられるようになった。

残るは新藤敦だ。

「ところで新藤敦の居場所はわかりませんか。屋敷にもホテルにもいないようなんですが」

「あの方はまだこの家の方ではないですから、予定を把握している者はだれもいません。すくなくともホテルの駐車場にはお車はもうありません」

車が無い？　少しひっかかる。

普通に考えれば婚約者・麗子のいる病院に行ったということになるのだが、真倉刑事からは来ていないと報告を受けている。

まさか……何かがつながった感じがした。

「車種はわかりますか？」

「ＢＭＷのオープンカーです、青い……」

「ありがとう！」

新藤敦の車はホテルの駐車場に登録されていた。

ぼくは車種データとナンバーを調べるとそれをスタッグフォンを通じてバットショットに転送した。

捜索項目にさらに付け加えたのだ。

ビンゴだった。

五分もしないうちに、バットショットが車を発見した。

そこは海岸線の東端、子山の道路を抜けたあたりの海に面した崖のようになったところだった。

バットショットから撮影した画像が送られてきた。

そこには闇の中、停車した青いＢＭＷの助手席でうなだれている香澄さんらしき後ろ姿があった。前方には崖が見える。

「見つけた！　このことを照井警視にも！」

ぼくは弓岡に言い残して、走り去った。

かつてないぐらいのスピードでぼくはハードボイルダーを疾走させた。

時速二百五十キロは出ていたと思う。完全なるスピード違反だし、仮面ライダーにもなっていないのにこれで転倒したら即死間違い無しだが、そんなことは気にしていられなかった。


ぼくは一直線に崖の突端へと走った。

眼下の岩礁まで相当な高さの崖だ。

前方でヘッドライトの光に顔を覆う新藤敦の姿が見えた。

その腕には眠らされたままの香澄さんが抱かれていた。

香澄さんは昼の登山服のままだった。だが抵抗したのか上着はボロボロに裂かれ、ほぼアンダーシャツだけの上半身となっている。

ぼくは怒りに全身が熱くなるのを感じた。

バイクをそのまま乗り捨てると拳を新藤に叩き付けた。

香澄さんがその場に倒れ伏した。

「このガキ！」

新藤が反撃してきた。

やはり相手が弱そうと見るや強腰で来るタイプだった。

舐《な》めてもらっては困る。

こちらは普段たしかに安楽椅子探偵だが、体力が無いわけじゃない。

ましてやこんな下衆《げす》に負けてはいられない。

ぼくは猛烈に何度も新藤を打ち据えた。

予想外の反撃に新藤が狼狽した。

「……ううっ……し、翔太郎……くん……？」

昏睡していた香澄さんが倒れた拍子に意識を取り戻しはじめた。

「香澄さん！」

ぼくの一瞬の虚《きょ》を衝《つ》き、新藤が懐から何かを出した。

銀のナイフだった。

ぼくはすかさずスタッグフォンにギジメモリを装填した。

「スタッグ！」

携帯が一瞬でクワガタムシの形状に変形した。

スタッグフォンは鋭い顎でナイフをたたき落とした。

そこにさらに空に舞っていたバットショットが急降下した。

ゴン！　と新藤の頭に体当たりした。

「ウッ！」

声をあげて新藤は倒れた。

頭を押さえ、その場で悶絶《もんぜつ》している。

ぼくは彼が逃亡不能と判断すると、香澄さんのところに向かった。

彼女を抱き起こした。

「大丈夫かい、香澄さん」

香澄さんの意識がようやくはっきりしてきた。

潤んだ目をした彼女は何も言わずぼくに抱きついた。

一瞬ドキッとしたが、無理も無い。

いくら気丈な彼女でも殺されかかったのだから。

「翔太郎君……」

「もう問題ない。安心して」

「あの男が……新藤が……」

香澄さんが少しずつ記憶をたどるように話してくれた。

事件のとき、下山していた香澄さんを新藤が迎えに来た。

香澄さんは妙だと思った。

自分の婚約者が襲われたのにこっちを迎えに来るなんて。

問いただすと新藤は強硬手段に出た。

なにか布に含ませた薬のようなものを嗅がされ昏倒したという。

新藤はそのあと香澄さんをここに運んだのだ。

そして自殺に見せかけて崖から突き落とそうとした。

再び怒りが湧いてきた。

ぼくは頭を押さえて悶絶する新藤をつかみあげて、激しく揺さ振った。

「なぜこんなことをした！」

「…………」

答えないので顔に肘を一発入れた。こんな奴に手加減など必要無い気がしてきた。

「答えろ。そもそも婚約者があんな目にあったのに、それを放って何をしている！」

婚約者、という言葉を聞くや、新藤の顔がぼくへの嘲笑とも自嘲ともとれないような表情になった。

「婚約者か。ハッ、そんなもん名ばかりさ。俺はな、麗子の奴隷だよ」

「奴隷？」

「婚約者なんてのは表向き。

俺はもともとただのZENONリゾートの一社員だった。CEOと麗子に抜擢《ばってき》してもらったんだ。一族周りの煩わしさを解消するための工作員としてな」

「じゃあ……彼女は……おまえを」

「そうとも、手下としてしか見てねえよ。それどころか、隙があれば香澄ちゃんを落としても構わないって言われてたぜ。この子、てんで本家に協力しねぇんだもんよ」

香澄さんの表情がこわばった。知ってはいたが自分に対する兄たちの敵意がここまでのものだったとは、彼女も新藤の肉声を聞いて初めて実感したのだろう。

なにより「本家」という言葉にこもった悪意がつらかったに違いない。同じ兄弟なのに「分家」呼ばわりされているのに等しい。

「ところがやたらガード固いんだ、こいつ。ガード固い女は幸せになれねーよな、へへへっ」

ぼくはまた新藤の顔面を殴った。もうこの下衆の余計な話は聞きたくない。

聞くべきことはたった一つだった。

「だれの命令だ？」

「……………」

「禅空寺麗子は病院だ。

事件後間髪入れずにおまえに殺人指令を出せる奴は一人だけだ」

そう、禅空寺俊英だ。

ナイフがあるのに即死させようとせず、あくまで逃走後の自殺に見せかけようとするからには、それなりの計画性が感じられる。

その計画とは遺産の横取りにほかならないはずだ。

「ぼくは警察じゃない。黙秘権が通じると思うな。

その気になれば世界一拷問に詳しい人間にだってなれるんだぞ」

香澄さんを殺されかけ、ぼくはかなり過激になっていた。

ぼくの目つきが本気であることを新藤も察したのだろう。

卑屈な目で見上げつつ何か口走ろうとしたときだった。

銀色の光が走った。ぼくは反射的にあとずさった。

ドスッ！

新藤敦の背中に無骨な宝刀のようなものが突き刺さっていた。

前のめりになって新藤は倒れた。

明らかに即死とわかった。

香澄さんが小さく悲鳴をあげた。

ぼくは倒れた新藤の背後に立った人影を見た。
まさにそいつは凶器を左手で投げ終わったところだった。
見やってその姿に愕然《がくぜん》となった。
シャープで精悍《せいかん》な顔立ちの男だった。
その瞳は糸のように細く、薄い唇にクールな微笑が浮かんでいた。
だが注目すべきはその男の服だった。
黒いスーツに白いスカーフ。
よく話題にのぼる組織の構成員と彼は同じいでたちをしていた。
「ナイシュー。
きき腕じゃない割にはうまく当たった」
男はつぶやくと右肩を押さえた。
「まさか、おまえは……！」
「よお、W」
男はメモリを出した。円のようなデザインで「Z」の文字が描かれたメモリだった。
「ゼロ！」
男はメモリを刺し、変身した。
みるみるうちに身体が黒く、凹凸の無い怪人へと変貌していった。

ゼロ・ドーパントだった。

その肩にはいまだにサイクロンにつけられた傷があった。

「あれが……メモリの怪物……!?」香澄さんが小さく震えている。

「おまえは組織の人間だったのか……!

なぜその男を殺したんだ!?」

「答えたら証拠隠滅にならん」

ゼロがぼくたちに迫った。

ぼくは香澄さんをかばい、その前に立った。

「あんな半欠けじゃなくてちゃんとしたWになって戦ったほうがいいぞ」

「半欠けでもおまえと戦う力ぐらいはある」

ぼくは香澄さんを見つめた。

もう隠しおおせる状況ではない。

「香澄さん、驚かないでくれ。

ぼくが変身したら全力で車道に走って逃げるんだ。

そのうち道路に警察が来る」

「え……変……身?」

ぼくはゼロに対し、歩み出た。

「サイクロン！」ガイアメモリを出し、鳴らした。

香澄さんの目が見張られた。

ベルトが浮かび上がり、そこにメモリを装填した。

「変身！」

ポーズを切って、ドライバーを開いた。

「サイクロン！」

風が渦巻いた。

全身をエネルギーが包み、肉体を変貌させていく。

ぼくは再び仮面ライダーサイクロンになった。

ぼくの変身した姿を見た香澄さんは愕然《がくぜん》としてつぶやいた。

「翔太郎君が……仮面ライダー……！」

どうやら彼女もこの都市伝説の英雄の名を知っていたようだ。

「早く、行くんだ！」

香澄さんは小さくうなずくとそのまま車道に向けて走り出した。

ぼくは彼女をかばおうとゼロとの間に割って入ったが、ゼロに香澄さんを襲う気はないようだった。ただぼくのほうをじっと見据えているだけだ。

相手はぼくだけということか。この男の狙いは何なのだ？

「おまえの攻略法……気づけば簡単なことだった」

言うが早いか、ゼロの右手の甲から何かが飛び出した。

ぼくが防御した右手にそれは巻き付いた。

アンカー状に先端が尖った、チェーンのような物だった。

そのディテールは生体的であり、多少の弾力を伴っている。

これはゼロの身体から出たものだ。

チェーンはぼくの腕にきつくからみついていた。

まずい！　いきなり先手を取られた。

しかもこれは致命的な先制攻撃だ。

ぼくは大きく飛び退いた。

だが二メートルほどの長さのチェーンの範囲以上に跳ね退くことはできない。

ゼロが右手でチェーンを握りしめ、ぐっと力を込めた。

ぼくの跳躍はあえなく止められ、逆にゼロに引き寄せられた。

ジャンプで敵を翻弄することはもちろん、これでは風力を吸収してエネルギーを回復するためのストロークがとれない。

「チェーンデスマッチだ」

猛然とゼロが迫った。

つかまれたら終わりの相手に、鎖でつながれた。

右手はチェーンを引き寄せることで塞《ふさ》がっているが、攻撃の流れの中でゼロの左の掌は確実にこちらの力を奪おうと襲ってくる。

ぼくは必死にそれを避けたり、直前で払ったりして対応した。

そして、なんとか手刀でチェーンを切断できないか試みた。

だがゼロは手慣れた動きでチェーンを引き、こちらの反撃を妨害した。

これは奴の補助武器なのだと理解した。

緒戦ではこちらの未知の能力に翻弄されたが、たちまち対応策を出してきた。

彼が組織の始末屋としてかなりの手練《てだれ》であることが窺《うかが》えた。

「うっ！」

ぼくは思わず声をあげた。

敵の左掌を弾こうと放った蹴りがついにつかまれてしまった。

がくん、と左足が脱力した。

直立がやっとの状態になり、思わずひざまずいた。

動きを止められてしまった。

どうだ？　というジェスチャーでゼロは掌を向けた。

ぼくは車道のほうを見た。

もう香澄さんの姿は見えなかった。

とりあえず時間は稼げた。あとは頼むぞ、照井竜。

ぼくは最後の決死策を試してみることにした。

この状態で逆転できる、おそらく唯一の方法だと思われた。

ぼくはじりじりとあとずさりした。

相手の油断を誘う必要がある。

打つ手無く、動揺してのあとずさり……に見えるように動いた。

「往生際が悪いぜ」

その台詞にかすかに安心した。こちらの次の動きは読まれていない。

ぼくは脱力した左足で膝をつき、右足を立てていた。

その姿勢で可能な限り崖に近づいた。

あとは相手のオフェンスを待つだけだ。

それを誘うために逆に強く右手でチェーンを引き寄せた。

ゼロはしばらく引き合いをしていたが、やがてタイミング良くそれをゆるめてぼくの体勢を崩した。そう、手慣れた戦士ならそうするはずだ。

ぼくがよろけた隙にゼロが掌を向けて一気に迫ってきた。

その一瞬に全力を賭けた。

ぼくは渾身《こんしん》の力で無事な右足を使って地面を蹴ると、チェーンをつかんだまま崖に飛び込んだ。

ムッとなったゼロだったが、敵も勢いをつけて飛び込んできている最中だ。

急にぼくの動きを引き止めることができない。

チェーンでつながったまま、ぼくとゼロは眼下の岩礁へ真っ逆さまに落ちていった。

落下する中、ぼくは急速に全身の力がよみがえるのを感じた。

そう、これが最後の逆襲の鍵だ。

落下の際の風圧が今ぼくの全身に流れ込んでいるのだ。

「そういうことかよ！」

ゼロが左手を引いた。その甲からアンカー状の突起が飛び出した。

チェーンだ。この武器は両手に隠されていたのだ。

ぼくのほうもすでにベルトからメモリを引き抜き、マキシマムスロットへと装填していた。

「サイクロン・マキシマムドライブ！」

ぼくのマフラーがブワッとなびいた。身体から噴射される気流で前方に推進したのだ。

ぼくはエネルギーのみなぎった手刀をゼロに叩き込んだ。

ゼロはそれとほぼ同時に左手から突き出た突起をぼくのベルトめがけて突き刺した。

両者の攻撃が炸裂し、破壊音が響いた。
相撃ち？　それがぼくの感じた最後の感触だった。
ぼくとゼロは弾けるように分かれてそれぞれ海に没した。
これが「仮面ライダーサイクロン」の最後の一撃となった……。

ぼくは海中でもがいていた。
その中で変身が解けてしまっていることは認識できた。
だが夜の海はまるで暗黒の異物のようにぼくの視界を塞ぎ、行く先すら見えない。
顔を上げ、息つぎをしようとするがうねるような黒い海の力に翻弄されてしまう。
息が苦しくなり、意識が薄れた。
そのとき、なぜか一瞬フッと身体が軽くなった気がした。

気がつくとぼくはなぜか森の中にいた。
ここはどこだ……？　どうしてこんな場所に？
痛む身体を起こそうとしたが、なかなか動いてくれない。

ぼくは必死に周囲を確認した。

山々の見え方、周囲の木々の感じから、おそらくここは子山の一角ではないかと思った。

身体のあちこちが岩礁にこすれたのか、服はボロボロで無数の傷がついていた。

頭も痛む。しかし、それは落下し岩礁に激突した瞬間までは変身が持続してくれていた証明だ。変身が解けてから落ちていたら間違いなく即死だったはずだ。

ぼくはロストドライバーを見た。

みごとなまでにそれは破壊されていた。

ゼロが放った突起の一撃が突き刺さった、大きな穴が中央に空いていた。

これでもう単独変身も不可能だ。ぼくは震える手でサイクロンメモリを右腰のスロットから引き抜くと、ドライバーを外した。

朦朧《もうろう》とする意識の中、帽子が無いことに気がついた。

海中でなくしたのだな、と思った。

そのとき、ぼくは気づいて「えっ？」となった。

濡れた帽子があったのだ。ぼくの顔の真横に。

まるでだれかが置いてくれたように見えた。

そこにザッと草を踏む足音がした。

見やったぼくは戦慄を覚えた。

まだらのドーパントが木々の間からぼくを見下ろしていた。

ズーだ！

反射的にビクッと反応するものの、ぼくの身体はまったく動かない。

こんな絶望的な状況があるだろうか。

すべての防衛手段を失い、身体の自由さえきかないのだ。

ぼくに打つ手は無かった。

だが、妙だった。

ズーはまったく動かなかった。奴はぼくをただ見つめていた。そこからはWとして対峙《たいじ》したときの異様な殺気・怒りがまったく感じられなかった。

敵意が無いのか？　ぼくは思った。

次第にその予想が当たっている気がしてきた。

そもそもズーはゼロと結託して戦ったことが無いではないか。

ぼくが初めてゼロに襲われたとき、ズーメモリはあの場から逃亡したようにも見えた。

ズーはぼくをよく知る人物で、麗子襲撃事件の海での戦い以降にぼくが仮面ライダーに変身する人間であることを知った。

そう考えれば先ほどの水中での感覚も、帽子が置かれていたことも納得がいく。

「君は……ぼくを助けたのか……？」

「………」ズーは答えない。

「答えたまえ、君は……」

ズーは無言できびすを返した。

ぼくはそれを追おうとしたがやはり身体の自由がきかず、目眩《めま》いが大きくなってきた。

ぼくは再び意識を失った。


「フィリップ君！　フィリップ君てば！」

目覚ましには最適の甲高い声。亜樹ちゃんの声だ。

同じ場所で目が覚めた。今度は比較的はっきりとした意識の回復だった。

陽光が眩《まぶ》しい。

すでに夜が明けていることを知った。

「亜樹ちゃん……」

「あー、良かったあ、目が覚めてくれて。

ほら、とりあえずこれでも飲んで。元気出るから」

亜樹ちゃんが金属製の水筒を開けて渡してくれた。

温かいスープのようなものが入っていて、身体に染み渡った。

「ありがとう、助かったよ。どうしてここが？」

「昨日の夜、こっちに向かってくる夜間バスの中で携帯に連絡があったのよ。非通知だったんだけど何度もかかって来るから出たら、低い声で、『左翔太郎が倒れている。助けに行け』って、ここの場所を教えてくれて」

「ズーの声に似ていなかったかい？」

「あー、言われてみれば。たしかにあんなしゃがれ声だったかも。……え、ドーパントが？　なんで？」

やはりだ。ぼくを助け、亜樹ちゃんの携帯番号を知っている者。ぼくを知っていて、ぼくを完全な敵と認識していない人物。

ズーの正体の予想はついた。

だが、まだ事件の構造がつかめない。

ぼくの推理はアウトラインでほぼ正しいと思っていた。

だが、その点をつなぐ線がまだすべては見えていないのだ。

「足りない。もう一つ足りない……」

ぼくはつぶやきながら立ちあがろうとした。

あわてて亜樹ちゃんが寄り添った。

ぼくは身体を支えようと近くの木の一本にその身を委ねた。

ところが、比較的太いと思ったその木がバキッと乾いた音を立てて折れた。

ぼくたちは小さく声をあげて転がった。その拍子に転倒したぼくらは周囲のほかのいくつかの木々をもバキバキと折ってしまった。

ぼくら二人は粉砕された木々の破片の中に突っ伏した。

「うへあっ。なんじゃこりゃあ……大丈夫、フィリップ君？」

「ご、ごめん。見かけよりボロボロの木だった……」

「つーか、この辺の木ってみんなけっこうもろいのよ。

ほらリボルギャリー隠すとき連絡したじゃん。

木がみんなパキパキ折れるから隠すの楽だったって」

「！」

何かが頭の中で閃《ひらめ》いた。

「亜樹ちゃん、ここ、子山のあたりだよね」

「うん。隠し場所とはちょうど国道を挟《はさ》んで反対のあたりだけど」

ぼくはもう一度木の破片を握りしめてみた。

木は内部まで乾燥していて、ちょっと力を入れると楽に粉砕できた。

さらに周囲の草花を見た。

所々枯れたようになっている箇所が見受けられた。

枯れた箇所の草は干し草のような色になっていて、やはり簡単に粉砕することができた。

そうだ、敵の狙いを単純な「資産」ととらえていたのが一つの間違いだった。

組織の始末屋が徘徊《はいかい》していたのだ。

すでに敵と組織には「メモリの売買をした」以上の強力なつながりがある。

禅空寺一族の遺産にはホテルの経営権といった「利益」以外のメリットが発生しているに違いない。

「……検索だ。検索をはじめよう」

「えっ？」

「今なら解答がつかめそうな気がする。

だが、ぼくの本が無い……」

あれが無くても本棚には入れるが、ぼくの集中力が低下する。

香澄さんを助けるためにあわてて出てきてしまったので白い本はホテルの部屋だ。

「あー、じゃあ、これ！　白い本ならぬ黒い手帳だけど」

亜樹ちゃんがバッグからそれなりに大きいサイズの黒い手帳を出した。

中を開くと真新しい白紙のページが続いていた。

「なんだい、この手帳？」

「仕事で腹が立つ奴がいたらいろいろ書き込むのよ、憂さ晴らしに。新しいの使いはじめたばっかでほとんど真っ白だから大丈夫」

見ると一ページ目だけは禅空寺俊英の悪口で埋まっていた。

まあ何も無いよりは、はるかにはかどるはずだ。

異例だが非常時だ。これでやってみよう。

ぼくは、亜樹ちゃんの黒い手帳を持って意識を集中した。

緑色の光に身体が包まれ、自分の意識だけが上昇していくのを感じた。


真っ白な空間にいる自分を体感した。

再び「地球《ほし》の本棚」にやってきた。

「ぼくの予想があらかた正しければ今回の検索は二ターンで終わる」

《げ！　マジで？》

「外」から亜樹ちゃんの驚く声がする。

「キーワードは『植物』、『異常乾燥』……」

本が一気に絞られた。

その解答として残った本は『細菌』『放射能』などの数冊。

その中にぼくが思い描いていた本が一冊あった。

題名は『ｍｉｃｒｏｗａｖｅ』。

ぼくはその本を猛スピードで一読した。

内容を把握し、確信を得た。

「再検索しよう」

すべての本が一気に戻ってきた。

再び圧倒的な書庫へと「地球《ほし》の本棚」は姿を戻した。

今度は項目を特定する。

「知りたい項目は犯人の『動機』。

キーワードは『禅空寺一族』『大自然』……」

本の数がグングンと減る。その動きから生じる風のあおりを受けながら、ぼくは最後のキーワードを追加した。

これこそ今回の事件の中核を握る、特殊な単語だった。

「そして……『Ｇマイクロ波』」

《え？　は？　なんですと？　今なんと？》

さらに本が減り、一冊の本が残った。

題名は『ｒｅｆｉｎｉｎｇ　ｆａｃｔｏｒｙ』だった。

「ビンゴだ」

ぼくの精神が身体に戻り、ポンと黒い手帳を閉じた。

「わかった。『refining factory』……。

今回の禅空寺一族のすべての災いの元はこれだ」

「リヒニ？　イヒニン？　何ファクトリー？

もうわけわかんないよー、説明してよー」

「つまりね……」

ぼくが黒い手帳を返しながら亜樹ちゃんに話しかけたときだ。

亜樹ちゃんの携帯が鳴った。照井竜からだった。

「あ、竜君？　うん、フィリップ君無事だよ！　うんうん……。

……げ、なんやて!?」

亜樹ちゃんの関西弁が出た。

納得がいかない事態が起きたときに出やすい現象だ。

亜樹ちゃんはしばらくあわあわしながら連絡を聞いていたが、やがて携帯を塞いでぼくに言った。

「香澄さんが……警察に連行されそうなんだって！

新藤敦殺しの容疑で、風都署から超常犯罪捜査課以外の刑事が来て！」

そんなことだろうと思った。ぼくは亜樹ちゃんの携帯を借り受けた。

「ぼくだ、照井竜」

「フィリップ！」

「事件の概要はつかんだ。すぐに行くからなんとか間を持たせてくれ。香澄さんが通常の警察に捕まったら敵の思うつぼだ」

「……敵？

……わかった。急げよ」

照井竜は多くを聞かずに電話を切った。じつに彼らしい。

ぼくはすっかり乾いていた帽子をかぶった。


亜樹ちゃんと公道に向けダッシュしつつ、スタッグフォンでリボルギャリーとハードボイルダーに指令を出した。

合流ポイントに走りながら、亜樹ちゃんが話しかけてきた。

「犯人がわかったのね、フィリップ君！　香澄さんじゃないんだよね！」

「ああ、もちろんだ。

翔太郎がぼくに気合を入れてくれた。最後まで代役をやり遂げなきゃ」

　亜樹ちゃんはぼくの言葉を聞いて、へへえっと嬉しそうに笑った。

「ちゃんとそう受け取ってたんだ」

「翔太郎の真意はいつも心の奥底にあるからね」

　たとえ上辺は素直になれなくても、心の奥底では必ず相手のことを思いやっている。

　左翔太郎とはそういう男なのだ。

「今はぼくしか探偵はいない。探偵は依頼人を信じきって守るものだ」

　依頼人を守る。それこそ鳴海荘吉が最も大切にしていた信条だ。

　翔太郎も、亜樹ちゃんもこの鉄の遺伝子を立派に継いでいる。

　ぼくも一歩事務所を出たからには命がけで守るのだ。

　自分を頼ってくれた人の心を。

「それが鳴海探偵事務所の魂だ……！」

　だれに聞かせるでもなく、ぼくは口にしていた。


　公道に出るや、反対側の森からリボルギャリーが飛び出した。

　すでに内部にはハードボイルダーが収納され、後部パーツの換装が終了したようである。

　ゴォォォンと音を立て、リボルギャリーの外部装甲が二つに割れた。

中では赤い飛行パーツを装着したハードタービュラーが完成していた。

「げ、飛んでくの？　私、聞いてない！」

山道を走るより確実に速い。

ぼくは亜樹ちゃんの声をスルーして、マシンに乗り込んだ。

しぶしぶ亜樹ちゃんがぼくの後ろにしがみついたとたん、タービンの噴射がはじまり

ハードタービュラーは大空へと舞い上がった。

亜樹ちゃんの絶叫を乗せ、マシンはＺＥＮＯＮホテルへ一直線に飛んだ。

3

ＺＥＮＯＮホテルの一室・天海の間。
中規模のパーティー用のホールだ。
天井にかかった虹色のシャンデリアが美しい。
そこに今、関係者がすべてそろっていた。

禅空寺俊英、妻の朝美。
病院から早くも復帰してきた禅空寺麗子。
照井竜と刃野・真倉両刑事。
そして風都警察殺人課の人間が三人。
彼らの目はすべて香澄さんに向けられていた。
弓岡あずさが心配そうにその背後に控えている。
「照井警視、探偵が来るんだかなんだか知りませんが、もういいでしょう。
とりあえず禅空寺香澄の証言の真偽については勾留してからにしましょう」
照井竜の引き止めが限界に達していたときだった。

重い開閉音とともにドアを開いて、ぼくと亜樹ちゃんが会場にたどり着いた。

「翔太郎……くん……！」

香澄さんが安堵《あんど》の目でぼくを見た。

本当に嬉しそうな目だった。気丈な彼女がぼくに対する期待を隠すことも無く表に表してくれている。この瞳だけで駆けつけてきた甲斐《かい》があった。

「待たせたね、香澄さん」ぼくは殺人課の刑事たちに向き直った。

「少し時間をください。これは超常犯罪課の案件だ。

うかつに通常の警察の範疇《はんちゅう》にくくられると事件の輪郭が歪《ゆが》んでしまう」

それが「敵」の狙いであると察していた。

ガイアメモリ犯罪は基本的に立件しづらい。

超常能力の産物であるためだ。

そのため通常の警察の捜査基準と混ざってしまうと思わぬ誤認逮捕などが発生してしまう。

照井竜のすごいところはまず警察機構の本陣を改革し、超法規的な活動ができる「超常犯罪捜査課」というコンセプトを承認させて、自ら風都署に赴任してきたことだ。

この課だけは独自の判断基準で犯人の追跡や逮捕を行える。

ガイアメモリの関与さえ立証できれば、担当刑事のフレキシブルな判断で捜査をしたり、容疑者を押さえたりできるのだ。

「だがね、探偵君。新藤敦の背中に投げつけられた宝剣は故禅空寺義蔵の所有物、つまり現在は香澄さんのものだ。彼女の指紋も出ている」

なるほどそういうことか。たしかにあのときゼロの男は手袋をしていた。

「それは『ゼロ』というメモリを使う殺し屋の仕業だ。

ぼくは奴が手袋をつけて剣を投げつけるのを見た。

おそらく最初から香澄さんに罪をなすり付けるつもりで盗んでおいたのだろう」

「そうです、何度も話したはずです。

私は新藤にさらわれて、翔太郎君に助けられて……。

そのとき新藤は黒ずくめの男に刺されたんです！」

香澄さんが叫んだ。

ぼくは来る途中、亜樹ちゃんから情報を補塡《ほてん》してもらった。

香澄さんはぼくが仮面ライダーになったことは話していないようだった。

おそらくぼくが秘密にしていることと判断してくれたのだろう。

あのとき、公道まで走り出た香澄さんは照井竜と警官たちに助けだされた。

だが、その後、宝剣のことを通常の警察に密告した者がいるわけだ。

殺人課の基準で怪物話の部分がオミットされた事件像となれば、香澄さんをしばらくは容疑者扱いにできる。


「冗談じゃないわ。新藤はあたしの婚約者なのよ。なぜあんたなんかに色目を使わなければいけないの！」

禅空寺麗子が猛然とかみついた。溺死させられかけたからか、彼女の全身から発散されていたオーラが薄れ、端正な顔立ちが逆にどぎつく見える。

「彼は自分で言っていたよ。『俺は麗子の婚約者ではなく奴隷だ。隙あらば香澄を落とすように命令されている』と。殺し屋が彼を始末したのはその先をしゃべられると困るからじゃないかな」

麗子の顔が硬直した。あいつそんなことを、という顔だ。

何かぼくをののしろうと身を乗り出した。

だが、俊英が微笑を浮かべたままそれを軽く制した。

「君はどうしても私たちのほうを悪者にしたいらしいですね。だが何度も言うように犯人は私たちではない。

香澄のナイトを演じに来たのなら、留置場でしてあげてください」
さあどうぞ、と殺人課の人間たちに手を広げた。
ぼくは歩みでて、強く俊英をにらむと言い放った。
「何を勘違いしているのかな、禅空寺俊英。
ぼくは香澄さんじゃなく、君の命を守ってやりに来たんだぞ」
えっ、と俊英ばかりでなく周囲の人間がみな思ったときだった。
突然、ホールの陰から何かが弾丸のように飛び出し、俊英に迫った。
ぼくはそれを察し、俊英をかばった。
黒い影は目標を逃し、地面に着地した。
機獣のようなズーメモリだった。
すぐさまズーは跳ね退いて、また物陰に隠れた。
一同が身構えた。
だが、ぼくはゆっくりとある人物に近づいていった。
「やめるんだ。あなたの目的はわかった。
だから、これ以上はやめて自首してくれ。
……弓岡あずささん」
全員が驚いた。

弓岡はしばらく黙っていた。

そして、ぼくを見つめてようやく口を開いた。

「やはり……お気づきでしたか、左さん」

「あなたはぼくを救ってくれた。

ぼくが香澄さんの味方だと信じたからだ。

香澄さんがズーでない以上、ぼくを救う可能性のある関係者はあなただけだ」

「ゆ、弓岡が……？」香澄さんが動揺している。

「な、なぜ？　なぜそんなことを……！」

「君を守るためだ」


照井竜以下、警察の人間たちが弓岡に対し身構えた。

銃を構えている者もいる。

それに対し、弓岡が強く見据えた。

彼女がその気になれば、ズーメモリに警察を襲わせることも、ドーパントとなって暴れることもできる。刺激するのは危険だ。

「待ってくれ。どちらももう争う必要は無い。

ぼくの話を聞いてもらえれば、彼女はもう戦う必要は無くなるはずだ」

「ど、どーゆーことだい、そりゃ？」刃野刑事が聞いた。

「聞いてくれるね、弓岡さん」

弓岡は答えなかった。ただぼくを見つめていた。

ぼくはにらみあう弓岡と警察、そして俊英たちを見回すとその中央に歩みでた。

「……今回の事件の特徴はドーパントの正体、いわゆる犯人と、その引き金となった悪意が別の物だ、ということだ。だから事件の概要がつかみにくかった。

遺産を欲したドーパントが暗躍しているように見てしまった。

だが、兄弟を陥れてまで遺産を欲し、我欲に溺れた本当の悪は別にいる。

……禅空寺俊英、おまえだ」

ぼくは俊英を指差した。

俊英の冷たい微笑が消えた。

「禅空寺俊英が本当の悪……。

君が『敵』と表していたのはそのためか」

照井竜がぼくに言った。

やはり彼はぼくの言葉のニュアンスを察してくれていたようだ。

「そう、『敵』と、『犯人』がイコールじゃなかったんだよ。

すべての事の元凶は俊英だ。

弓岡さんは彼から香澄さんを守ろうとしたんだ。
悪でないとは言えないが、すくなくとも彼女の動機は香澄さんへの愛だった。
悪意は禅空寺俊英のほうにあった」
「私が何をしようとしていたというのかな。
いまさら香澄が持っているちっぽけな資産を欲しがるとでも?」
「観光資源や土地としての親山ならばさほどの価値はないだろう。
だがおまえの目当ては違う。
『ｒｅｆｉｎｉｎｇ　ｆａｃｔｏｒｙ』だ」
「出た、ナントカファクトリー」亜樹ちゃんがつぶやいた。
だが、その一言は俊英や麗子の表情をより険しくした。
「ｒｅｆｉｎｉｎｇ　ｆａｃｔｏｒｙ……精製工場。そうか……！」
照井竜も気づいた。
「そうだ、照井竜。こいつらはもう組織とつながっている。
ガイアメモリの精製工場を作るつもりだったんだ」
げっ、という顔を刃野・真倉刑事もした。
香澄さんも亜樹ちゃんも同様だった。
逆に弓岡あずさの表情にはかすかに落ち着きが見えた。

ぼくの推理が外れていないことの表れと受け取った。

「ぼくは子山の一角の木々が異様に乾燥していてボロボロなことに気がついた。それがＧマイクロ波による過熱現象と見抜いた。Ｇマイクロ波はガイアメモリの精製中に必要となる特殊電磁波だ。ガイアメモリ工場には必要な要素がいくつかある。広大な底面積と深さを持った建造物、そしてＧマイクロ波を使用しても問題ない密閉性だ」

したがって施設はつねに巨大になるのだ。

ぼくが幽閉されていた組織の研究施設も、孤島に建てられた巨大建造物だった。

「おそらく屋敷付近の地下に施設を仮設して実験したんだろう。だがＧマイクロ波が外部に干渉し、自然を枯らした。まあ電子レンジにかけたような乾燥状態になったわけだ。これでは秘密の施設として妥当ではない。より大きく施設を作り上げるにはさらに巨大な親山が必要だとわかった」

禅空寺兄弟は黙ったままだった。

全員がぼくの話に聞き入っていた。

わけがわからないのは殺人課の面々だ。
「て、照井警視。彼は何の話をしているんだ？
我々は規定どおりの対処をするが、構わんのだよな？」
「……俺に質問をするな」
照井竜が軽くキレて、刑事の襟首をつかんだ。
「セクト主義もたいがいにしろ。俺も風都署の仲間を殴りたくはない。
この場は黙って我々にまかせてもらおうか……！」
照井竜の一にらみで刑事たちは黙った。
刃野刑事がこそこそ小声で彼らをフォローしているのが見える。
「左、続けてくれ」照井竜が言った。

「では流れを整理してみよう。
父・惣治の死で遺産が分配された。
このとき、俊英は香澄の持つ権利、祖父の研究施設と親山に価値を感じていなかった。
だが、ガイアメモリの開発環境をつねに探している組織が接近、俊英とつながった。
彼はその広大な土地を、リゾート以外の目的でも使えることを知った。

それには深く広く地下施設を建造できる親山が最適ということが判明してしまった。

だから狙いを香澄さんにした。

いずれかのタイミングで禅空寺麗子もその仲間となった。

これは新藤敦の死の直前の言葉からも明らかだ。

ＣＥＯと麗子の命令を受けていると彼ははっきり言っていた」

麗子が小さくつばを飲んだ。

「もともと母親が違う香澄さんに二人は好意を持っていなかった。

新藤を手下に使って彼女の権利を合法的に手に入れる手段も模索したが、うまくいかなかった。そこでガイアメモリによる暗殺を計画。

組織から手に入れたメモリがズーだった。

これならば自然の中での転落死や溺死を自由に演出できる。

だがそれを使用人の長である弓岡あずさは知ってしまった……」

禅空寺の兄弟と弓岡が鋭《かた》く視線を向け合っている。

「だから禅空寺義蔵を騙り、脅迫状を出した。

これは俊英たちを驚かせ、ズーメモリの所在をつきとめるための陽動だった。

最初の事件であるステージの倒壊《とうかい》だけが妙に人間離れしていないのはそのためだ。

そうですね、弓岡さん」

弓岡はようやくこくりとうなずき、口を開いた。

「この男が早くメモリを起動させようと身近に置くのを待っていました。起動させせ、持ち主を認定させる前にケースごと奪いました」

「そして、自らを持ち主として認定させた」

「ええ。どうせすぐに新しい物を取り寄せるはずです。香澄様を殺される前に、こちらが……。そう思いました」

「弓岡……」香澄さんが震えた。

ぼくは続けた。

「その後の事件は暗殺性が増していく。どうせ俊英たちは警察沙汰にできないという読みもあった。殺人用の道具をとられました、とは言えないからだ。一方、俊英側はメモリがとられた瞬間にもう犯人の選択肢は香澄さんしか無いと考えた。

そのとき、一つ双方にとって計算外のことが起こった。香澄さん自身が犯人を解明するべく探偵を雇ってしまったことだ。だからズーは強硬手段に出た。それが屋敷の襲撃事件だ」

「ええ。でも、その計算外は今となっては良かった。

左さん、出会えたのがあなたでしたから……」
弓岡あずさは儚《はかな》げに笑った。
「では、あの黒い怪物は？」香澄さんが聞いた。
「組織からの増援、だろうね。
つまり盗まれたズーを倒すために俊英の依頼で来たんだ。
ズーはそれほど強力なメモリということさ。
仮面ライダーに出会って、そちらとも戦わざるを得なくなったというところだろう」
ゼロが現れたことで余計に事件の概要は不明瞭になった。
だが整理してみれば簡単なことだ。奴は悪の側だった。

思えば最初の直感がすべて正解だったのだ。
これは遺産を巡る犯罪。
いちばん悪の匂いを感じるのは禅空寺俊英。
そして香澄さんは犯人ではない。
要はその肉付けが複雑なだけだった。
真実は最初からつかんでいたのだ。
『疑い抜いて、信じ抜く』……なんとか翔太郎流でできた気がした。

「どうやらおまえたちにも山ほど聞くことができたようだな、禅空寺俊英」
照井竜がにらみをきかせた。
麗子は激しく動揺しているように見えたが、俊英は依然として平静を装っていた。
ぼくは弓岡あずさに手を差し伸べた。
メモリを渡してくれ、という仕草だった。
弓岡は迷いの表情を見せた。
そのときである。
「待ってください！」声が響いた。半泣きの声だった。
涙を浮かべた俊英の妻・朝美が歩み出ていた。
「ちょっと待ってください。今のはあなたの一方的な推理じゃありませんか！
そんなことで主人を悪人と決めつけるなんて……！
たとえ子山にそんな施設があったとしてもそれだけで主人のせいとは限りません！」
朝美は懸命に訴えていた。
たしかにこの人は無関係なのかもしれない。
ぼくの「地球《ほし》の本棚」もガイアメモリと同じく超常的な存在だ。
ここで得られた結論はまぎれも無い真実には違いないが、立証材料にはならない。

「実際にメモリとかいうのを使っていたのはこの弓岡さんでしょう？　主人より先にこの人をちゃんと罰してください！

香澄さんの件だってうやむやにしないで！」

そうだ、という顔で殺人課の面々が色めき立った。

同時に弓岡あずさの顔がこわばった。

「やはり……まだ私は止まるわけにはいかないようですね……左さん……」

まずい、まず彼女を制さなければ。

だが、朝美はぼくの服をつかんだまま離さない。

どうしよう……困惑していると信じられない声がした。


「覚えときな、相棒。女の涙はときには凶器になるんだ」


えっ、となった。ドアのほうを見た。

二度仰天した。亜樹ちゃんも照井竜も、刃野・真倉両刑事もだ。

「俺の実体験さ……！」

帽子をキュッとあげたその顔はまぎれもなく翔太郎だった！

ぼくの仲間たちが全員「左」「翔太郎」と言おうとして息を飲み込んで耐えた。

「私、聞いてない……！」

結果、亜樹ちゃんのいつもの口癖が響いた。

翔太郎はこちらに歩んで来た。

ブルーのシャツにいつもの黒い帽子とジャケット。

その姿はじつに精悍《せいかん》だった。まったく健康そのものだ。人生史上最大の風邪はどこに行ったのだ？

「なんだ、君は？」殺人課の刑事が聞いた。

「どーも。俺は……フィリップ」

え？　ああ、そうだ。ぼくが翔太郎だ。

「この左翔太郎の相棒さ。足で稼ぐほうの、な」

翔太郎はぼくの横に来て、ポンと肩を叩くとウインクした。

なんという安堵感《あんどかん》なんだろう。

そして、どうしてこんなことが起きたんだ？

翔太郎は断固として明かさなかったが、じつはのちに聞いたことを総合するとこうだ。

亜樹ちゃんが訪れた夜、ぼくに檄を飛ばした翔太郎はベッドにこもると枕に顔を埋めた。

グスグスと鼻をすする音が聞こえる。

風邪のせいではなく半泣きなのだと全員がわかった。

「あーもー、あんなメソメソするならカッコつけないで素直にフィリップ君慰めてやれば良かったのに」

「そう言わないでよ、亜樹子ちゃん。男の意地ってやつでしょ。

翔ちゃん、兄貴分として責任感じちゃってんだからサ」

「だよねー。こんなときに自分が、

ウゲヘッ！　ゴホォッ！　だもんなあ」

変な擬音を伴ってサンタちゃんがパントマイム風のポーズで風邪を表現した。

亜樹ちゃんもなるほどと思った。

ウォッチャマンたちはぼくたちがWであることを知らない。

だが、事情を知っている亜樹ちゃんには明快に翔太郎の気持ちが理解できた。

やっとエクストリームに到達し、お互いの価値を認め合ったばかりだというのに、またぼくの役に立てなくなってしまった自分が、翔太郎は我慢ならなかったのだ。

そんな状態なのにぼくを奮起させるためにきつく言わざるを得なかった。

それがまた「俺に言えた義理か」という気持ちを誘発し、さらに自己嫌悪に陥らせた。

(ま、どのみち寝ててもらうしか無いわけだし、いっか)

亜樹ちゃんがそう思ったとき、顔を見合わせて強くうなずいたウォッチャマンとサンタちゃんが彼女に言った。

「亜樹子ちゃん、フィリップ君を助けに今夜のうちに戻るんだったよね。あとはボキたちにまかしてくれないかなァ」

「そうそう、男同士、ね」

「ホントに？　それ助かる。じゃあ翔太郎君のことよろしくね」

身支度を整え、資料を受け取ると亜樹ちゃんは事務所を出て行った。

その瞬間、二人は決然とビニール袋を持って翔太郎に近づいた。

「翔ちゃん、フィリップ君を助けられなくて悔しいんでしょ？」

ウォッチャマンに聞かれ、チラッと彼を見た翔太郎はつぶやいた。

「……ああ、情けねぇよ」

「今すぐにでも行ってやりたいよねえ？」サンタちゃんも聞いた。

翔太郎はため息をついた。

「……行けるもんならな。少々寿命が縮んだって構わねー」

するとと突然、二人はよしとなって見つめ合いうなずいた。

「そう思ってサ、ボキたち、翔ちゃんに力を貸すことにしました！」

「男同士の荒療治！」

翔太郎がうつろな目で二人がまさぐっているビニール袋を見た。

そしてその中身を見て仰天、目が冴《さ》えた。

中身は新鮮なネギだった。

風邪とネギ……翔太郎はその恐ろしい共通項を知っていた。

「おい、おまえらまさか……。

いや待て、ちょっと待てよ、なっ」

「効くから、これ。超効くから」サンタちゃんが荒い鼻息で答えた。

翔太郎はぐるりと裏返され、二人に押さえつけられた。

ウォッチャマンの手がパジャマのズボンにかかった。

「えええええ――――っ！

嘘《うそ》だろ、おまえら。そんなの迷信だよ！」

「効くから、ホントに。

ドシュ！　グッ！　アッ、ア――――ッ！

アレッ？　ケロッ♡　ってぐらい効くから！」

「嫌だ、その擬音からして嫌だ！　無理、無理！　うわぁ————っ！」

だがウォッチャマンとサンタちゃんは本気で翔太郎のためと思っていた。イタズラとかではない分、二人にはまったく躊躇《ちゅうちょ》がなかった。

「行きますぞ、翔ちゃん」

「ノォ————ッ！　ネギ、ノォ————ッ！」


「肛門にネギを差し込むと風邪が治る」という民間療法があるらしい。

だが基本医学的な効果はないはずだ。たしかにネギ自体は食物としては風邪に対する効果があるが、直腸に差して効果があるとは考えられない。

だが、なぜか、奇跡は起きたのだ。

翔太郎は復活した。しかも全快だ。

もろもろの理由は考えられる。

例えばちょうど風邪が一段落するタイミングと偶然一致したとか。

あるいは異常事態に翔太郎の体内が急速に活性化してしまったとか。

とにかく翔太郎は突然動けるようになった。

ウォッチャマンとサンタちゃんのしたり顔は耐えられなかったと思うが、翔太郎は活動を開始した。そして、亜樹ちゃんの資料を見たときに朦朧《もうろう》としていてひっかかったままだったあることに気づいたのだ。

翔太郎は二人に再び情報収集を頼んだ。

そして新しい事実を得て、ここに来たのだ。


そんな恐ろしい復活方法で来たとは知らず、ぼくはただ奇跡に感動していた。

「この俺が美女の顔を見てピンとこないとは。よほど風邪でまいってたってことだな。亜樹子から届いた関係者の資料を見て、俺がいちばんひっかかったのはあんただった。……禅空寺朝美さん」

翔太郎が一枚の写真を見せた。朝美がハッとなった。

その写真には数人の人間が写っていた。バットショットの画像だった。

一人は見覚えがある。元風都市市会議員の楠原《くすはら》みやびだ。

彼女が対話している美女がいた。ロングヘアで眼鏡をかけていた。

翔太郎がもう一枚めくると写真のその女の拡大になった。

その目元、そして泣きぼくろ……禅空寺朝美とそっくりだった。

朝美の目が緊張した。よりいっそう翔太郎の写真に似て見えた。

「かつて楠原みやび議員が脅迫される事件が起こった。

俺たちは彼女の護衛を頼まれた。じつは彼女が完成を目指していた第二風都タワーの建設予定地に組織のガイアメモリ工場があったんだ。脅迫者はその所有者だった。

これはそんとき、土地売買の交渉中の写真だ。

脅迫者がいるかもしれないから楠原議員に近づく相手を全部撮らせておいたんだ」

朝美の顔が急速に変化していた。温和な目の底の光が鋭くなっている。

夫の陰に隠れた印象の薄い女、という仮面がぽろぽろと剝がれている感じだ。

「この女は別の土地を建設予定地に推薦しに来た相手だった。

あとにして思えばあの土地から目をそらそうとする奴はみんなあやしい、組織の一員だったんじゃねぇか、と心のどこかにひっかかってたんだよな。

彼女の名前は……岩瀬《いわせ》朝美。あんたの旧姓だ」

「そうか、彼女こそ組織と禅空寺家をつないだ窓口……」照井竜もうめいた。

「ま、そういうことだろうな。彼女が禅空寺俊英と結婚したのが半年前。

そこから父・惣治の死、今回の事件と相次いだ……。

つまりな、相棒。

香澄さん以外の禅空寺一族は、もうすべてが組織の関係者ってことだ」

翔太郎はぼくの側の朝美めがけて写真を放り捨てた。

朝美は完全に黙り込んだ。

助かった。

ここで翔太郎がこの事実をつかんでくれていなかったら、朝美だけはこの場から追及を逃れていただろう。

「さあ、弓岡さん。メモリを俺たちに渡してくれ。俺たちを信じてくれ」

翔太郎が弓岡に向かって言った。

「香澄さんを取り巻く汚れをすべて、こうやって洗い流してやるから」

「そう、すべてを守る。香澄さんも、自然も、禅空寺義蔵の心も。大自然の使者は……ぼくたちが継ぐ」

ぼくの言葉に弓岡の表情が変わった。

「大自然の使者……」

そして、香澄さんを見た。

香澄さんは祈るような目で弓岡を見ていた。

「弓岡……私……私……。
ありがとう。
でもお願い。もう私のために……怪物になるのはやめて」
弓岡はその一言に折れた。
「それはご命令でございますか、お嬢様」
香澄さんが弓岡の言葉にハッとなり、すぐに微笑んだ。
「ええ、もちろん命令よ」
「あなたにお仕えするのが私の仕事です。
おじいさま、お父様の代からずっと……。
……かしこまりました、お嬢様」
弓岡あずさはスッと手招きをした。
物陰からズーメモリが跳躍し、彼女の掌に乗った。
彼女の腕にまるで入れ墨のような模様が浮かんだ。
これがドーパントのメモリスロットだ。
まぎれもなく弓岡あずさがズーの持ち主であることの証だった。
弓岡はゆっくりと掌の上のズーを差し出した。
ぼくは安堵した。これで無益な戦いは避けられる。

照井竜が翔太郎の目配せでズーメモリを受け取ろうとした。


突然、朝美がぼくらを突き飛ばした。

一同の体勢が乱れた隙を突き、弓岡めがけて何かを撃った。

それは電撃を放つチップのような物だった。

いくつか発射されたそれは弓岡の身体とズーメモリに付着し、激しい光を放った。

弓岡が絶叫し、倒れた。

「弓岡！」

香澄さんが行こうとするのをぼくが止めた。

今触れると香澄さんまで感電する。

朝美は床に落ちたズーメモリを素早く布でくるむと、禅空寺家の面々のところまで走った。

自分を見下ろす強い表情の朝美を、済まなそうに俊英が見上げた。

「ほら、戻ってきたわよ、あんたのメモリ」

「済まない」

「見た人間は全部消して」

「もちろんだよ」

朝美はもう別人だった。
彼女と俊英の関係が普段とは真逆であることは見ていて歴然だ。
照井竜や刑事たちが銃を構えた。
にやりと笑った俊英がズーを構えた。
「動くな、そのメモリはおまえには使えない！」照井竜が叫んだ。
弓岡あずさが認定者のはずだ。
そう思ったぼくたちの目の前で、俊英は小さな銀色の機械を出した。
ズーメモリに装塡された機械はなんらかのデータ書き換え装置のようだった。
ズーメモリがスパークし、そのプログラムが初期化されているのがわかった。
「ズー！」
ガイダンスボイスが響いた。
すぐさま俊英はメモリを自分の腕に刺し込んだ。
スロットを身体に刻み付けるのと同時に、ズーメモリは体内に消えた。
照井竜たちは発砲した。
だが、すでに変貌ははじまり、俊英はズー・ドーパントに変わった。
弾丸はすべてズーの肉体にただ刺さるだけだった。
隆起した筋肉が弾丸を押し出し、床にバラバラと散らばった。

「ウオオオオオオオッ！」

咆哮《ほうこう》しながらズー・ドーパントが誕生した。

「やっと……やっと身体に刺せたっ……ははははっ……！」

元は俊英だったズーが笑った。

自分の力を確認するかのように、その翼が羽ばたいた。

周辺に突風が起こり、何人かの刑事が吹っ飛ばされた。

「照井！　みんなを逃がせ！」

帽子を押さえ、風に耐えながら翔太郎が叫んだ。

照井竜はその意図に気がつき、すかさずうなずいた。

「撤退しろ！　宿泊客を逃がすんだ、急げ！」

「は、はいっ！」刃野・真倉両刑事が即反応した。

刃野刑事たちはドーパントの姿に仰天する殺人課の刑事たちを鼓舞し、外へ逃げはじめた。

照井竜自身も倒れた弓岡あずさに触れた。電撃はおさまっていたようだ。

彼女がまだ息があるのを確認し、抱き上げた。

「早く！　君もだ！」香澄さんに手を伸ばした。

だが、彼女はぼくのほうを見て躊躇《ちゅうちょ》している。

ズーが翼をたたみ、迫ってきた。

「逃がさん、皆殺しにしないとな……」

朝美と麗子はその背後に立っていた。

彼女らがやはり「敵」の側である証明だった。


だが、ズーは驚いた。

ぼくと翔太郎が宙に舞っていたからだ。

ぼくたち二人の飛び蹴りがまともにズーに炸裂した。

まさか生身の人間から反撃をくらうとは思っていなかったのだろう。

ズーがあとずさり、わずかによろめいた。

「き、貴様らっ！」

翔太郎はちらっと逃げていった者たちの様子を確認した。

「もういいだろ」

「ああ、いけるのかい？　病み上がりで」

「『問題ない』って奴だ。

今の蹴りのキレ、見てなかったのかよ」

ぼくは嬉しくなった。いつもの二人の会話だ。

「行こう、相棒」

「ああ」

翔太郎はダブルドライバーを装着した。ベルトが巻き付き、彼の腰についた。

ぼくの腰にもドライバーが現れた。

「サイクロン！」「ジョーカー！」

二人の取り出したメモリが鳴った。

ぼくたちは二人で「Ｗ」の文字を描くように腕を構え、同時に叫んだ。

「「変身！」」

ぼくがサイクロンをドライバーに装填すると、それが翔太郎のドライバーの右スロットに転送された。ぼくの意識はなくなり、身体がふらついた。

ぼくの意識はもうサイクロンメモリの中にあった。

翔太郎はそれを押し込むと、すかさず自分のジョーカーメモリも左スロットに押し込んだ。

エネルギー増幅音が高まる中、翔太郎はベルトを左右に開いた。

「サイクロンジョーカー！」

風が彼の身体を渦巻いた。

Ｗの肉体が形成されていく。

ぼくの意識が翔太郎の肉体に宿る。

そのとき、亜樹ちゃんが「ほっ！」と絶妙なタイミングで倒れたぼくの身体をキャッチするのが見えた。

そしてドア付近で照井竜に引かれながら、ぼくたちの変身に驚愕《きょうがく》している香澄さんの姿も。

ぼくの単独変身を目の当たりにしている彼女もぼくたちの変身は衝撃だったようだ。

今、Wサイクロンジョーカーはその二色の身体を完成させ、スッと立った。

「こ、こいつらはっ……！」

ズーがひとりごとのようにつぶやいた。

「そう、俺たちは二人で一人の探偵……そして」

まるで帽子の鍔《つば》をこするようにWの触角をなでて、翔太郎は答えた。

「仮面ライダー……W！」

変身時に巻き起こる風がやみ、はためいていたマフラーが静かに下りた。

ぼくたち＝Wと、俊英が変身したズーがにらみ合った。

その間に弓岡と香澄さんを連れた照井竜、ぼくの身体を抱えた亜樹ちゃんもホールの外へと脱出した。

「ふん、貴様らごときにいまさら何ができる！」

「それは次に吠《ほ》え面《づら》かかされる奴の台詞《せりふ》だぜ、おチビちゃん」

翔太郎の言葉にズーの形相が変わるのがわかった。

たしかに弓岡のズーよりも俊英のズーのほうが若干身長が低かった。

「なっ、なんだとぉっ……！」

ズーはブルブルと怒りに震えだした。

恐るべしである、左翔太郎。

一見してそれが俊英のコンプレックスの源と見抜くとは。

「私をっ、私を見下すなァァッ！」

激高したズーが挑みかかってきた。

「ヒート！」

ぼくはすかさず右手でヒートメモリを持ち、サイクロンと素早く入れ替えた。

「ヒートジョーカー！」

Wの右半身だけが炎の力でハーフチェンジする。

右が赤、左が黒の火炎格闘戦士・Wヒートジョーカーとなった。

「うぉらッ！」

Wは爪を突き出して迫るズーをみごとにいなし、右手で炎のパンチを叩き付けた。

ズーがひるんだ。Wは猛ラッシュを仕掛けた。

今のように時としてぼくはWの右半身の行動も制御できる。

翔太郎の了承をとるよりも早く、メモリを変えたりもできるのだ。

これによって変身者の翔太郎が意識しないスピードでWはメモリをチェンジし相手に反撃することができる。そのぼくの判断を翔太郎は信頼してくれている。

今度は触手が飛び出した。

ぼくたちを縛り上げる作戦だ。

弾力のある太い触手がWの首を絞め、動きを止めた。

「メタル！」「ヒートメタル！」

こちらもすでにメモリを変えていた。

Wの左半身が銀色に輝くと炎と鋼鉄の戦士・ヒートメタルに変化した。

メタルの装甲は強靭《きょうじん》だ。

相手の爪の猛攻撃にも、ただ金属の激突音が響くのみ。

こちらの身体には、ほとんど痛みが伝わらない。

メタルメモリはWに強大なパワーをも与える。

首に巻き付いた触手を一気に両手で引きちぎった。

鮮血が飛んだ。

ズーが苦悶《くもん》した瞬間にWヒートメタルは背中のメタルシャフトを取り外し、突きの一撃をくらわせた。

ズーは吹っ飛ばされ、床に伏した。

強敵だが、やはり弓岡あずさの変身したズーと一度戦っていることが大きかった。

Wは優勢だった。


安全な場所に香澄さんや亜樹ちゃんを逃がしてきた照井竜が駆けつけた。

翔太郎の指示を変身のための人払いと気づいてくれたのはさすがだった。

照井竜もWの優勢を確認し、うむとうなずいた。

だが、彼の目は次の瞬間ある一点に釘付けになった。

ぼくたちも気になり、その方向に目をやった。

うっとなった。

動揺と苛立ちをあらわにしつつも、まだ禅空寺朝美と麗子がそこにはいたのだ。

正体が発覚しWが現れた以上、どう考えても戦いをズーにまかせて逃げ出しているべき状況である。

照井竜も戦況によっては変身して加勢するか、Wにドーパントをまかせて彼女たちを追うかという二択のつもりであったろう。

「二人ともそこを動くな！」照井竜が朝美たちを指した。

そのとき、朝美が何かの気配に気づいた。

彼女の表情に余裕がよみがえった。

「そっちこそ、ここから動かないでほしいわね」

突然、ホールの舞台側、すなわち関係者入り口から何人かのホテル関係者が入ってきた。
七、八、九……確実に十人以上いる。
騒ぎを聞きつけて様子を見に来たのだろうか。

いや、これは違う。彼らの淀んだ目つきでわかった。

朝美は増援を呼んだのだ。

入り口付近で最後に入った男が舞台裏に隠されたスイッチらしき物を押した。

ガ――――ッと上からシャンデリアが落ちてきた。

それは勢い良く床に激突すると粉々に砕け散った。

虹色のガラスの中央部分には金属のシリンダーのような物があり、そこの隙間にはトランクケースが隠されていた。

ガイアメモリのケースだ！

「あんなところに！」照井竜が唇をかんだ。

これだからメモリ捜査は難しいのだ。

はるか頭上の照明具を分解しようということにはなかなかならないだろう。

ズーが走り、それをつかんで朝美に投げる。

朝美たちが受け取ったケースに麗子をはじめ全員が集まった。

「待て、やめろっ！」

Wが妨害しようと走ったが、ズーに割って入られた。

その間に朝美が、麗子が、ホテルマンたちが、肌にスロットを浮かび上がらせ、次々と自分が登録したであろうメモリを刺した。

「クインビー！」

「フラワー！」

朝美、麗子のメモリだ。この二つまでは聞き取れた。

だが残りの人間が一気にメモリを刺したため、ガイダンス音声は混ざり合い雑踏のような騒がしさとなった。

おびただしい量の変身音と光がホールにあふれた。

なんという光景だろう。

その場のホテル関係者全員がドーパントとなった。

簡易戦闘メモリである「マスカレイド」ならともかく、かつてこれだけの人数の正規ドーパントと一度に相対することは無かった。

ズーを中心にドーパントたちはズラリと並んだ。

ここでぼくは正確に敵の人数を把握した。


十三体いる！

4

「変ッ……身！」
すかさず照井竜もドライバーを装着し、メモリを構えた。
「アクセル！」
赤い輝きとエンジン音が響く中、仮面ライダーアクセルも並び立った。
だが、Ｗヒートメタルとアクセルを取り囲む敵はまったくひるむことはなかった。
当然だろう、十三対二なのだ。
「刑事のほうも仮面ライダーだったとはな。
ちょうどいい。まとめて死んでもらおうか」
ズーが笑った。
仲間の加勢を受けて、少し自信が回復したのか。
「ホテルぐるみでメモリ持ちか。あきれた話だ」アクセルは吐き捨てた。
「ちょうどいいじゃねぇか。ここにまとまってくれてるほうが。
大掃除が楽になる」翔太郎が言った。

「強がりもいいかげんになさい」

歩み出たのはクインビー・ドーパント……禅空寺朝美だ。

金色のボディに幾重にも入ったストライプが独特の禍々《まがまが》しさを放っている。

その背後には劣化版のクインビーともいうべき蜂のドーパントが三体。

これはおそらくビーだろう。まさに女王蜂の僕《しもべ》たちだ。


その横でバシバシッとムチが音を立てる。

禅空寺麗子の変身したフラワーだ。

「これだけの数を相手にどう戦うって言うのかしらね」

麗子は嘲笑した。

その艶《なま》めかしいプロポーションは変身前とイメージが重なる。


イルカ、魚、猿……この付近の土地風俗に合わせたのか。

禅空寺一派にもたらされたメモリはみな自然動物タイプのようだった。

バード、コックローチといった以前戦った動物・昆虫型のドーパントも見受けられる。

たしかにこの中ではズーこそ頂点のメモリだろう。

「吠え面をかいたのはそっちだったようだ」

「どうかな？」

Ｗは指を左右に振り、ズーを挑発した。

アクセルはエンジンブレードを抜き、肩に担いだ。

二人の仮面ライダーは敵軍団を前にしてまったく動じない。

その不敵な自信に人数をそろえたはずの敵のほうが一瞬の戸惑いを見せた。

「こいつらっ、なんなのよっ！」フラワーがいらついた。

「やれ……！」

ズーの号令が響いた。

ドーパントたちがいっせいに襲撃してきた。

二人の仮面ライダーは身構えた。

そのとき、先頭を切って突っ込んできた猿のドーパント……おそらくエイプだろう、その顔面に一陣の影が突っ込み、傷をつけた。

エイプは転倒し、悶絶した。

敵軍団が一瞬止まり、身構えた。

そこには小さく咆哮《ほうこう》をあげ、こちらを見ているファングメモリがいた。

ファングが修復されている、ということは……！

ぼくはシュラウドがすべての用意を整えてくれたことを知った。

心の中で呼んだ。

来い、エクストリーム！

甲高い鳴き声とともにエクストリームメモリが飛来した。

その中にはすでにぼくの身体が吸収されている。

亜樹ちゃんとともに逃げ延びた香澄さんは、謎の鳥メカにぼくの身体が光になって吸収されるところを見てきっと仰天したに違いない。

このエクストリームメモリの中にぼくの肉体がデータ化されてつまっている。

つまりぼくと翔太郎、どちらかの肉体が余ってしまう従来のWと違い、エクストリームを使って融合すれば、精神も身体も完全に一つになることができるのだ。

「サイクロン！」「ジョーカー！」

Wは両メモリを差し替えた。

「サイクロンジョーカー！」

Wサイクロンジョーカーに一度戻る。

ぼくたちにとって最も適合率の高い姿、このサイクロンジョーカーが最強進化の基本だ。

「なんだ……いったい何をッ……」ズーのつぶやきに翔太郎が答えた。

「言っただろ、大掃除だよ」

ベルトの二つのメモリが光の帯となり上空にまっすぐ伸びた。

それを誘導路としてエクストリームメモリが上空からダブルドライバーに合体した。

ベルトを左右に開いた。

「エクストリーム！」

中から白銀の風車が現れ、高速回転した。

サイクロンジョーカーに変身するときとは逆に猛烈に外気を体内へと吸収した。

高まるエネルギーの中、ぼくは翔太郎と意識も肉体も完全に融合していくのを感じた。

Ｗのボディ中央の銀のラインに光の亀裂が走った。

「ぼくたち」は自分の胸をつかみ、それをこじ開けるように身体の外装を左右に開いた。

Ｗの中央からクリスタルサーバーと呼ばれる透明の結晶装甲が露出した。

左右の緑と黒でそれを挟むようなスタイルとなった。

これが究極のＷサイクロンジョーカーエクストリームだ。

横でアクセルも思わずその輝きに見入っているかのようだった。

「これが……噂《うわさ》のっ……!?」

クインビーが言葉を漏らした。

組織の関係者である彼女はこのWの存在を聞いていたのだろう。

「か、数が増えたわけでもない。所詮《しょせん》は二人のままだ」

ズーは虚勢を張った。

だが彼らは知らなかった。

その瞬間、そう厳密に言えば「これが……」から「所詮」までの間の秒数である。

W・CJX（ダブル・サイクロンジョーカーエクストリーム）の身体の中央がキラキラッと輝いたことを……。

「敵戦力のすべてを閲覧した」ぼくは言った。

えっという顔でズーたちがWを見た。

「はじめるぜ、大掃除……！」

いきなりWは突進した。

ドスッ！　手刀でのど元を貫かれたバードが絶叫した。

Wはそいつの翼をもぎ、軽々と放り投げた。

そのときにはもう次の動きに入っていた。

敵が、いやあるいは「ぼくたち」が思うよりも早くW・CJXは次の動きに入っていた。

　ぼくらがその名を呼ぶと胸のサーバーから盾《たて》のような物体、プリズムビッカーが現れた。

「『プリズムビッカー』」

　起動メモリであるプリズムを柄《つか》に差し、盾の中央から必殺剣を抜いた。

「プリズム！」

　Ｗ・ＣＪＸの武器・プリズムソードだ。

　剣を抜く動作と狼狽《ろうばい》したビーが一体叩き斬られるのが同時だった。

　Ｗはプリズムソードで敵陣に突入すると、流れるような動きで次々と敵の急所を斬っていった。

　ドルフィンは頭部の突起、エレファントは鼻。

　さぞかし相手は驚いたことだろう。

　さしたる攻防も無く、いきなりウィークポイントに攻撃が炸裂してきたのだ。

　ズーやクインビーが混乱している。

　突然のＷの神業にあとずさっている。

　これこそエクストリームの真の力だった。

　Ｗ・ＣＪＸとなったぼくたちは地球の記憶の根源、すなわち「地球《ほし》の本棚」と直結しているのだ。これは地球というデータベースから常時情報を引き出せるに等しい。
戦いながらW・CJXは敵のメモリの能力、弱点などを瞬時に把握できるのだ。
ぼくたちの頭の中にはすでに敵の全貌が入っていた。
ドーパントは十三体。

ズー《動物園》……複数の動物の能力を使いこなす。
クインビー《女王蜂》……針と毒。飛行能力。ビーを自爆させる。
フラワー《花》……伸縮自在のムチが武器。地中戦を得意とする。
エレファント《象》……怪力と鼻。厚い皮膚。
ドルフィン《イルカ》……水中戦を得意とする。
サラマンダー《オオサンショウウオ》……強い再生能力。
フィッシュ《魚》……強靱な歯が武器。
エイプ《猿》……跳躍力、格闘能力に優れる。
バード《始祖鳥》……飛行能力。対戦済。
コックローチ《ゴキブリ》……高速移動。粘液。対戦済。
ビー《蜂》×3……クインビーの量産タイプ。

これだけの敵のデータをW・CJXは完全に把握し、動いていた。

すでにビー一体を倒し、バード、ドルフィン、エレファントに大きなダメージを与えている。次の標的としてWの目は迫るエイプを捉えていた。


エイプの攻撃は紙一重でW・CJXにかわされ、手痛い反撃を受けた。

「プリズム・マキシマムドライブ！」

プリズムソードの一撃が相手の爪よりも早く胸元に炸裂していた。

爆発が起こり敵の目がくらむ。

その炎の中からソードが突き出し、今度はサラマンダーの腹に突き刺さった。

バチバチッと光が走る。サラマンダーの再生器官がソードに焼き切られたのだ。

傷が治らず狼狽するサラマンダーをWは蹴って進んだ。


蹴られたサラマンダーが転げた先にはアクセルがいた。

「エンジン・マキシマムドライブ！」

エンジンブレードの必殺剣が炸裂した。

サラマンダーは爆発した。

吹っ飛んだ炎の中からは変身していたホテルマンが転がりだした。

そして、砕かれたサラマンダーメモリが体外へと飛び出した。

アクセルは「ヒュウ」と軽く口笛を吹いて手を広げた。

かなわんな、あいつら、というポーズだった。

だがW・CJXの能力を熟知しているアクセルは、すでにWのフォローに回っていた。

ぼくらが戦闘能力を奪ったバードやエレファントにフィニッシュを決めるべく、剣を掲げて突進していった。


敵はさすがにこのWの脅威に気づき、戦慄《せんりつ》を覚えていた。

「何やってるのよ、こんな奴相手に！」

フラワー＝麗子がヒステリックな声を張り上げ自らムチで攻撃してきた。

フラワーのムチは幾重にも分裂し、意志を持っているかのようにW・CJXをからめとろうとしていた。

だが、Wは冷静、かつ精密な動きでこれを避け、ソードで切り裂いた。

フラワーが戦慄する中、その背後から二体のビーが飛び出した。

すでに知っている、こいつらは自爆する。

ぼくたちは剣を盾におさめ、素早く盾にメモリを装填した。

プリズムビッカーの盾部分はビッカーシールドと呼ばれ、四つのマキシマムスロットを装備している。ここで最大四本のメモリを同時に発動することができるのだ。

「サイクロン・マキシマムドライブ！」「ルナ・マキシマムドライブ！」

「トリガー・マキシマムドライブ！」

三本のメモリが装填され、三つの力がシールドの中央で複合された。

黄色のルナは変幻自在の神秘の力、青のトリガーは射撃能力、それに緑の旋風のサイクロンの力が合わさった。

Wはシールドの中央からビーム光線を敵に向け放射した。

「『ビッカーファイナリュージョン！』」

翔太郎が最近名付けた名前だ。Wの必殺技はほぼすべて彼の命名だ。

嵐のように渦を巻き、光線が飛んだ。

それは幾重にも分かれ湾曲しながら敵に命中していった。

フラワーの触手がすべて粉砕された。

同時に彼女の背後からジャンプしてWに襲いかかろうとしていたビー二体にも、何本かのビームが直撃した。

爆発が起きた。

こちらの攻撃か、相手の自爆エネルギーかはもうわからない。

フラワーは頭上で爆発した二体の余波を受け苦悶した。

そのまま前進してきたW・CJXの攻撃を防御する余裕がもう無かった。

Wはシールドでそのままフラワーの顔面を殴りつけた。

モデルの美女には悪いが、フラワーの弱点はこの顔を取り巻く花弁の中央部分、すなわち顔面だ。

憎悪のこもった悲鳴をあげて、フラワーが倒れた。

そして爆炎に包まれた。

「麗子ォ――――――――ッ！」ズーが叫んだ。

炎がおさまり、倒れた麗子と砕け散ったフラワーメモリが見えた。

ぼくたちはアクセルのほうを横目で見た。

彼はエレファントに猛攻を加えている。

ほぼワンサイド、倒したも同然だ。

「あと……四体……！」翔太郎が言った。

そのときのW・CJXの顔はさぞかし、冷たい処刑人に見えただろう。

「に、逃げよう……」ズーがつぶやいた。

クインビーは怒りをあらわにしてズーの頭をつかんだ。

「正気なの、あなた！　それほど強力なメモリを与えてもらっているくせに！」

だが、ズーは完全に腰が引けている。

「……あんたは大ハズレだったわ。

男としても、商談相手としてもね！」

クインビーは吐き捨て、残るフィッシュ、コックローチとともに迫った。

だが、光弾のような剣撃が横からコックローチに炸裂した。

ジェットと呼ばれるエンジンブレードの攻撃だった。

アクセルが飛び込み、コックローチを引き離した。

ナイスアシストだ、照井竜。スピードのいちばん速いコックローチが消えたことにより、こちらはメモリ装塡の時間を確実に得られた。

「サイクロン・マキシマムドライブ！」「ヒート・マキシマムドライブ！」

「ルナ・マキシマムドライブ！」「ジョーカー・マキシマムドライブ！」

Wの中で最も攻撃に特化された組み合わせのメモリが複合発動した。

それが収納されているプリズムソードへと注がれている。

一気にソードを抜き、そのエネルギーの乗った一撃を相手に叩き付けた。

「『ビッカーチャージブレイク！』」

ぼくたちは声を合わせ、渾身《こんしん》の剣技を放った。

襲いかかってきたクインビーの針のような武器、フィッシュの歯が一刀のもとに切り裂かれ両者はそのままエネルギーの直撃を受けた。

クインビー＝朝美は悲鳴もあげなかった。

「あっ！」という小さい驚愕の声だけを残し、フィッシュとともに炎に包まれた。

Wは再びソードをシールドにおさめ、じっとズーを見据えた。

ズーはただ驚愕するのみだった。

彼にはこの大惨敗の理屈がまったく飲み込めていないだろう。

その力の源が「知力」「分析力」だとはおそらく見抜けはしないはずだ。

超強力なメモリのはずのズーが完全に威圧されていた。


その一瞬、ぼくたちのほうにもわずかな気のゆるみがあったのかもしれない。

W・CJXの最初の分析に入っていない相手に虚《きょ》を衝《つ》かれた。

突然、一つの影が割って入った。

Wはそれに反応し、上体を反らして攻撃をかわした。

だが敵の切っ先はW・CJXの胸元の一部、クリスタルサーバーの表面を軽く傷つけた。

Wはシールドで敵を押し返した。

吹っ飛ばされた敵は空中で反転し、ズーの真横に着地した。

その黒いボディには見覚えがあった。

「……ゼロ！」ぼくが叫んだ。

相手はまぎれも無くゼロ・ドーパントだった。

傷は肩口に加え、腹部にも増えている。仮面ライダーサイクロンとの相撃ちの二撃目もかなりの深手であったことがわかった。

だが気になったのは奴が手にしている武器だ。

それはナイフのような大きさの銀色の武器だった。切っ先はささくれていてその中央には透明ボトルのようなシリンダーパーツが見える。

W・CJXの身体の中央が光り、一瞬にしてそれの正体を見破った。

組織が利用しているドーパントの細胞採取器具だ。

「よ、よく来てくれた、ゼロ。私を守ってくれ」

ズーがゼロの身体に触れた。

だが、ゼロは相手にしなかった。満足げに器具を見つめている。

「どうした、なぜ黙っている！」

「禅空寺さん、商談は終わりだよ」

ゼロの冷たい言葉がズーに向けられた。

「なっ！」

「あんたが俺を雇った目的はそのズーを倒し、メモリを取り戻すこと。あんたがズーになった時点でサービスは終わりだ。我々としてはこっちのほうがもう重要なんでね」

こっち、と言ってゼロは器具をちらつかせている。

まずい、何かがまずい。

「じゃあな。せいぜい頑張れや」

ゼロは戦いを放棄してジャンプした。

関係者入り口を突き破り、外へと逃げた。

「う、うあああああっ……くそぉっ！」

狼狽《ろうばい》したズーも翼を広げて逃げようとした。

どうする？　とっさに判断した。

ズーにはＷ・ＣＪＸのほうが有効だ。だが、ゼロを逃がすのもまずい。

「照井竜！　ゼロを頼めるか」

ぼくの声にアクセルが振り向いた。

ちょうどコックローチにエンジンブレードが突き刺さったところだった。

「いいだろう」

コックローチの爆炎に包まれた次の瞬間、中からバイクフォームに変形したアクセルが飛び出した。

「ありがてえ。こっちは大掃除の仕上げだ」

翔太郎が言った。

「ルナ・マキシマムドライブ！」

Wは腰のマキシマムスロットにルナメモリを装填し、スイッチを入れた。

パワーが発動し、W・CJXの右腕のリングが電磁ロープのように伸びて、空を飛び逃げようと舞い上がったズーの足にからみついた。

逃亡するズーは「あっ」となったが、そのまま壁を破って外へと逃げた。

Wはそれにつながったまま宙へと舞い上がった。


のちに照井竜から聞いた話だが、ゼロとの戦いは奇妙な結末を迎えたらしい。

バイクフォームが逃亡するゼロをホテル付近の車道で捉えた。

背後から追突され、ゼロは苦悶《くもん》した。

アクセルは仮面ライダーの形態に戻った。

「戦うしかねえってことね」

ゼロは観念し、向き直った。
いきなり左手のチェーンを発射してアクセルを捕らえた。
ブレードを抜くタイミングがわずかに遅れた。
アクセルは右腕を巻き取られてしまった。
超重量武器のエンジンブレードは地面に落ちて突き刺さった。
ゼロは器用にアクセルをたぐり寄せ、ブレードから遠ざけた。
そして、右掌を広げアクセルをつかもうとした。
アクセルはかわそうとしたが、このチェーン戦法は手慣れたゼロの独壇場だ。
一瞬のうちにゼロの接近を許し、その掌ががっしりとアクセルの右腕をつかんだ。
急速に力が失われ、右腕が脱力した。
蹴りではね飛ばしたが、もうチェーンに抗うことができない。
「終わりだ。俺が触れた物は無になる」
だが、照井竜はぼくからすでに初対戦時のゼロの能力を聞いていた。
彼はアクセルの能力でそれをどう打開するかをすでに見つけていた。
「無理だな。おまえごときに俺を無にできるものか」
「？」
「俺の心の中はつねに怒りで渦巻いている。

悪魔のような仇《かたき》を討ち取るまで、俺の心が無になることなど無い！」

フン、と鼻で笑ってゼロがアクセルをたぐり寄せた。

引き寄せられつつ、アクセルは左手でドライバーの右スロットルを回した。

アクセル内部のパワーが吹き上げ、炎とともに右腕に力がよみがえった。

それがアクセルの特殊能力だった。戦闘中にスロットルを回転させることにより、メモリのエネルギーを上昇させ、身体の各部にチャージできるのだ。

「なにっ」となったゼロの顔面にカウンターぎみに力が再チャージされたアクセルの右拳が炸裂した。

「グギャアア！」

アクセルはひるんだゼロを逆にチェーンで引き寄せ、今度は蹴りを放った。

その勢いでチェーンが引きちぎれ、ゼロは吹っ飛ばされた。

敵が体勢を立て直す前にアクセルは素早くとどめの一撃を用意した。

地に落ちたブレードを引き抜き、ドライバーからアクセルメモリを抜いて装塡した。

「アクセル・マキシマムドライブ！」

エンジン音が唸《うな》るブレードを敵に向けた。

トリガーを引くとブレードは動力を宿したかのように一直線に飛んだ。

それをアクセルは走って追った。

飛来するブレードに気づいたゼロは両手でそれをつかんだ。

エネルギーがゼロになり攻撃が止まる、はずだった。

だがそれはアクセルの二段攻撃の呼び水だった。

「エンジン・マキシマムドライブ！」

アクセルはエンジンメモリをドライバーに装填した。

バイクフォームとなって猛烈な勢いで敵に、というよりブレードに体当たりした。

その威力はブレードを貫通させ、ゼロを貫くのには充分だった。

ブレードの停止に掌の能力を使っていたゼロは、第二撃をどうすることもできなかった。

絶叫とともにゼロは爆発した。

アクセルはバイクからライダーに戻ると爆炎を背につぶやいた。

「絶望がおまえのゴールだ」

砕け散ったゼロメモリとともに苦悶する男の姿が見えた。

アクセルの言葉のとおり、男の顔は絶望しているように見えた。

「組織のこと、聞かせてもらうぞ……」

アクセルが歩み寄ろうとしたときだ。

「シャアアアッ！」

聞き覚えがある獣の声がした。

猛烈なスピードでその場にドーパントが現れた。

のちにスミロドンと判明する、敵の幹部だった。

「おまえは！」

男の絶望が頂点に達していた。彼はこれを恐れていたのだ。

スミロドンは男にエネルギーのこもった爪を突き立てた。

男は短い悲鳴とともに一瞬で燃え尽きるように消滅した。

スミロドンの手にはゼロが持っていた銀色の器具が握られていた。

奴はアクセルを威嚇すると、すさまじいスピードで姿を消した。

「しまった！」

アクセルは悔しそうに拳を叩いた。

「あれを……なんのために……」


海岸線が眼下に走っている。

空を逃げるズーをルナの力で発した電磁ロープが捕らえ続けていた。

W・CJXはプリズムビッカーを胸のサーバーにしまうと、両手でそれを持って身体をスイングさせた。

「そらよっと！」

ズーのバランスを崩し、宙へ舞い上がったWは奴を蹴り落とした。

海岸線にたたき落とされたズーは砂浜に叩き付けられ、テトラポッドに激突した。

頭を押さえるズーにWは近づいた。

「どうした、名所巡りは終わりか、CEO？」

翔太郎の言葉に倒れ伏したズーは過敏に反応した。

怒りをみなぎらせて突然吠《ほ》えた。

「私を見下すなと言っているだろうがァッ！」

よろりと立ちあがり全身を怒りに震わせた。

「私は見下されるのが大嫌いなんだ……。

どいつもこいつも私を見下す……」

「あんっ？」

「フンッ……当人にそんな気はないのかもしれないがね。

私にはっ……いつでもそう見えていたんだよッ！」

ズーの複雑な形状の顔、その目だけがいかにも俊英のものに見えた。

その目が異様なまでにギラギラと輝いている。

「だから満たされないんだ。どんなに権力を、金を、土地を手に入れても、私は満たされることが無いんだ！この飢えがわかるか！」

やはり奥底に秘めたコンプレックスが彼の権力志向の根源だったらしい。

「わかるもんかよ、そんなもん」翔太郎が切り捨てた。

「わかりたくもないね」ぼくも答えた。

ぼくの声を聞いてズーの怒りはさらに高まった。

「左……翔太郎ォォッ……！」

一瞬翔太郎が「俺？」という挙動をしたが、すぐぼくのことと理解した。

ぼくはズー＝禅空寺俊英を見据えて言った。

「君のその不必要な欲望が、今回の事件を生んだんだ。たしかに事件を起こした犯人は弓岡あずさだろう。でも、その犯罪を引き起こした本当の邪悪は君の歪《ゆが》んだ心だ。ぼくたちが憎むのは、その歪みだけだ……！」

Ｗ・ＣＪＸが左手を掲げた。

指を立て、スッと相手を指した。

ぼくたちは声を合わせていつもの言葉を口にした。

鳴海荘吉から受け継いだ言葉。

Wの戦い様のすべてを凝縮しているかのような言葉。

街を泣かせる真の悪に対し、ぼくたち二人が永遠に投げかけ続けるであろう、この言葉を……。


「「さあ、おまえの罪を数えろ！」」


ズーが絶叫とともに反撃した。

爪を立て、牙を剝き、翼を広げて襲いかかった。

だがいかにズーが強力なメモリであろうとも、我を失った変身者ではその能力は生かしきれない。もはや徒手空拳のW・CJXに対してさえ、ズーの攻撃は効果を生まなかった。

強烈な拳の連打にズーがひるんだ。

翼は折れ、牙は砕け、ズーは獣の死骸のような風体となっていた。

「ここまでだ」

翔太郎が静かに言い放った。エクストリームメモリを一度閉じ、再び開いた。

内部の風車が激しく回り、大気を体内に送り込んだ。

「『ダブルエクストリーム！』」

大気の力で宙に舞ったW・CJXが繰り出す必殺のキックが敵に放たれた。

ズーは爪で防御した。

だが両足の威力はそれを粉砕しながらズーの身体に炸裂した。


「グギャアアアアアアアアッ！」


壮絶な悲鳴をあげてズーは爆発した。

炎の中から禅空寺俊英が姿を見せた。

その身体からズーメモリが排出され、機獣のボディとともに粉々に砕け散った。

禅空寺俊英は最後に遠い目で周囲を見た。

海、海岸線、ホテル……そして山々を見た。


その瞬間、子山の一角でゴォォンという鈍い音とともに土煙が上がった。

やがてそれはチラチラと炎の混じる黒煙と化した。

「なんだありゃ？」翔太郎がぼくに聞いた。

「子山の方向だ。おそらく組織が地下施設を爆破したんだ」

ぼくの予想は当たっていた。

組織がゼロ、スミロドンとは別の始末屋を派遣していたのだ。

現場付近で目撃されたという、紫の髪のメイド服の少女が組織の強力な殺し屋であることをぼくらはのちに知った。

禅空寺俊英はじっとその立ち上る黒煙を見つめていた。なぜか彼は微笑を浮かべた。そして静かに倒れた。

ぼくたちは変身を解除した。

エクストリームメモリが離脱して、ぼくと翔太郎はWからその場で二人に「分かれた」。

ぼくは倒れてぴくぴくっと動く俊英を見た。

こうしてメモリのみを粉砕することで、犯人を殺さずに敵を倒し、事件を解決する。

そのあとの処置は警察にまかせ、罪の償いをさせる。

それがぼくたちの流儀だった。

「……安心したのかもしれないね」

「あん？」

「禅空寺俊英のさっきの微笑の意味さ。彼は組織と結託し、欲望の枠を広げつつ、どこかでそれを負担に思っていたのかもしれない。だから、地下施設が燃えたのを見て解放されたんだろう」

ぼくの言葉に翔太郎は「ハン」となって海を見た。

帽子を整え直し、潮風を吸いながら彼は言った。

「馬鹿な男だよな、この父っちゃん坊やは。くだらんモンばかり欲しがりやがって。ご先祖サマからもらった、こんなでっかい宝があるくせに……さ」

翔太郎の言葉にぼくも自然を見た。

禅空寺義蔵が愛したであろう周囲の景観をじっと見つめた。

「ああ……馬鹿な男だ……」

ぼくも相棒の意見に賛成だった。


翌日はここに来て以来最高の晴天だった。

海面は宝石のような光を放ち、山々の緑はひときわ鮮やかに見えた。

禅空寺俊英、その妻・朝美、妹・麗子。そしてガイアメモリを使用したホテル関係者十人は刃野・真倉両刑事によって連行されていった。

もっとも、メモリブレイクされた人間は、ほぼ例外無くまずは警察病院送りとなる。

大きなダメージを負う者もいるが、怪物のまま世を乱し、さらにはガイアメモリの毒素で精神を完全に蝕《むしば》まれてしまうよりはマシと思ってもらうしか無い。


事件は終わった。

ぼくたちが風都都市部に戻るときだ。


ホテル付近の船着き場に香澄さんは立っていた。

ぼくに挨拶がしたいと言って待っていてくれたという。

白いドレスのスカートが大きく風に舞っていた。


翔太郎、亜樹ちゃん、照井竜とぼくはそこにやってきた。

行こうとするぼくを翔太郎が引き止めた。

彼は封筒をぼくに手渡した。

「禅空寺朝美の正体といっしょに、ウォッチャマンたちと探ってきた情報だ。

どう使うかは、おまえにまかせるよ」

ぼくは内容を一読し、目を見張った。

そして相棒の心遣いに感謝した。

小さくうなずくとぼくは香澄さんのところへ歩いて行った。


香澄さんは少し憂い顔に見えた。

ぼくを見ると笑顔をつくった。

「やあ」

「フィリップ君……って呼んでいいのよね？」

ぼくは照れた。彼女は今回の探偵交代劇の真実を知ったのだ。

照れ隠しに帽子を取って、顔の前で振った。

「……問題ない。

済まない、この帽子も相棒の真似なんだ。

この間の黒い帽子の男が本物の左翔太郎さ」

ぼくはちらっと振り返った。こちらからは翔太郎たちが見えない。

「事務所のベッドで寝込んでいた人でしょ。彼も仮面ライダーだったのね」

「彼も？」

「黒い仮面ライダーなんでしょ？　緑の仮面ライダーのあなたといっしょに変身すると二色になるのよね」

ああ、香澄さんはWをそういう風に理解したのか。

先にイレギュラーである仮面ライダーサイクロンを見てしまったせいだが。

まあアウトラインで間違ってはいないので問題ないだろう。

「フフッ……ほぼ正解だ」

「なぜ無理に探偵交代なんかを？　私が挑発してしまったから？　だったら、謝らないと」

「おあいこさ、ぼくも挑発した。君が謝ることは一つもない」

「意地っ張り」

「お互いにね。

ぼくたちはもしかしたら意外と似た者同士なのかもしれない」

「そうね。だからいきなり反発したのかも」

「…………」

「…………」

いきなり沈黙が訪れた。どうしたことだ。

あの火花を散らし合うようなぼくたちの会話はどこへ行ったんだろう。

間が持たなくて、ぼくは本題を切り出した。

「香澄さん。君の兄弟たちはすべて大きな犯罪に加担していた。おそらく全員正当な遺産相続の権利を失うだろう。君はどうするんだい？　このZENONリゾート全体を引き継ぐのかい？」

香澄さんは一瞬黙った。だがすぐに明快に答えた。

「私、ホテルや娯楽施設など兄たちの所有物はすべて売却しようと思ってるわ。ちゃんと運営していただける企業が見つかり次第。私は父が遺してくれたものだけでいい。あの親山とおじいさまの家。そしてこの自然。それが私の受け継ぐもののすべて」

香澄さんらしい答えだった。

「弓岡は……どうなるのかしら？」逆に彼女が聞いてきた。

「……いくら君を守るためとはいえガイアメモリに手を出し、何人かに重傷を負わせた。暴れ出したときにはやはり本人にも凶暴性が抑えられなかったんだろうね。弓岡あずさは罪を償わなければならない……」

「そう、やはり……。私、弓岡だけはどうしてもなんとかしてあげたいの。彼女は、物心ついたときから母を知らない私の母親代わりだった……」

香澄さんの言葉がいい呼び水となった。

「……香澄さん……君に伝えておきたいことがある」

ぼくは翔太郎がくれた資料を開いた。

「これはあくまで推察だ。完全な証拠があるわけじゃない。ぼくの仲間たちがいろいろと禅空寺家について調査してくれた。でも、君の母親についての情報がまったくつかめなかった」

「当然よ。母については私も随分調べたもの」

「君が生まれる数ヵ月前からかなりの時間、弓岡あずさは人生初めての長期休暇をとって風都都市部にいたことを知っているかい？」

香澄さんが「えっ」となった。

ぼくが渡したのは病院の記録だった。

「名目は病気療養。これが入院していた病院だ。知り合いの情報屋の話だといろいろ無理を聞いてくれる開業医で、わけありの患者がたくさん来るらしい。直接、彼が医師に聞いてきた。弓岡あずさは十八年前、そこで女児を出産している」

資料を見ながら香澄さんがかすかに震えている。

「何度か内密で男性が面会に来ていたという。

医師はそれを父親だと思った。

禅空寺惣治の写真を見せたが、よく似ていると証言してくれている。

今となっては予想でしかないが……香澄さん。

弓岡あずさは君の……母親『代わり』じゃないと思うんだ……」

そう、母親なのだ。

ぼくはすべてを言わなかったが、香澄さんも理解していた。


ぼくの抱いていた最後の疑問も翔太郎のこの調査によって氷解した。

いかに自然を愛し、義蔵に心酔し、その義蔵が愛した孫娘の香澄さんを大事に思っているからと言って、一介の侍女がなぜここまで身体を張れたのだろうか？

香澄さんぐらいの年齢の人間ならば、それこそ青臭い理想主義で突っ走るかもしれない。

弓岡あずさはすでに五十歳を超えているのに。

これが解答だった。弓岡が香澄さんの実の母親だったからだ。

彼女は密かに惣治と愛し合い、子供を授かった。

惣治はその子のみを家に連れ帰った。

理由は今となってはわからない。

いずれにせよ、保護的な意図があったとぼくは思う。
一族の利権争いの中に弓岡を巻き込まないための。
それを知っていたからこそ、祖父・義蔵は香澄を溺愛したのではないだろうか。
「この事実を、君は本人に確認する必要があると思う。
だから、これはぼくの希望だが……。
待っていてあげてほしい。彼女が罪を清算して帰ってくるのを」
「フィリップ君……」
香澄さんの目が潤んだ。
強くうなずいた。
良かった。今回の事件で禅空寺家は大きく傷ついた。
せめて最後に彼女ぐらいは手に入れてほしい。
本当に愛でつながった家族との安らぎを。
香澄さんは小さく涙を拭くと、何か決断したような強い瞳でぼくを見た。
「ありがとう、フィリップ君。
代理の偽者でもいい。私は本当の名探偵に出会えたと思います。
私、待つわ。この場所で」

「それがいい」

「でも……少し……自信が無くなるときがあると思う……。一人で待っていられるかどうか……。……だから……だから……」

香澄さんの声がだんだん小さくなっていく。

ぼくは聞き取ろうと顔を近づけた。

そのとき香澄さんが目をつぶった。

そのままじっとしていた。

ぼくにはその動作の意味がわからなかった。


ぼくは、ぽんっ、と彼女の両肩に手を乗せた。

えっとなり香澄さんが目を開いた。

「大丈夫だよ。山は一つ越えるけど、ここも風都だ。困ったときには探偵がいる。いつもの小さな事務所に。そして駆けつけるよ。君が求めれば必ず……！」

香澄さんは一瞬軽く落胆したような顔をしたが、すぐに笑顔を戻した。

「ありがとう……。

お願いがあるの。その帽子、私にくださらない？」

「これをかい？　もうボロボロだ」

「それがいいの。お守りよ」

ぼくは帽子を彼女に差し出した。さすがにこれは翔太郎ももうかぶらないだろう。

香澄さんはそれをぎゅっと胸に抱きしめた。


ぼくたちは手を振って別れた。

香澄さんはしばらくぼくの帽子を胸に海を見つめていたが、何かを振り切るような笑顔でホテルのほうへ去っていった。


ぼくが物陰にいた翔太郎たちのところに戻ると、三人は妙な雰囲気だった。

翔太郎などあからさまに頭を抱えている。

「どうしたんだい、みんな？」

「相棒よ、今日ほどおめーに落胆した日はねえ……」

「ああ、まずかったかな、帽子。怒ったのなら弁償するよ。

香澄さんが欲しがったからつい……」

「そーじゃねぇーよぉ――っ！」

翔太郎の絶叫にぼくは「？」となった。

「目の前で……あんな美女が目ぇつぶって待ってるのに……おまえって奴は……」

翔太郎は帽子を押さえて頭を振りはじめた。

亜樹ちゃんはやれやれ顔、照井竜も苦笑している。

「女性が苦手な俺でもわかる。あれは彼女の必死のプロポーズだ」

照井竜に言われて、初めて気がついた。

赤面した。

そうだ、キスとかいう行為だ。比較的最近初めて知った。

「あ……ああっ……そうか……」

「ああ、そうか、じゃねぇよ、ったく……」翔太郎はさらに嘆く。

「あのプライドの高い香澄さんがあそこまでしたのにねえ、もったいない。

ま、でもそこがフィリップ君らしいか！」亜樹ちゃんが笑った。

「そういうことだな」照井竜も微笑んだ。

「おい、相棒。おまえには教育が必要とわかったぜ。

今度俺がいろいろ教えてやる。ハァードボイルドな女の愛し方を」

パコォン！　と亜樹ちゃんのスリッパが翔太郎の頭に炸裂した。

「痛って！　なにすんだ、亜樹子ォ！」

スリッパには『不可能やろ！』の文字がついていた。
「自分こそ美女に振り回されてるハーフボイルドのくせに何ぬかしとんねん！
これか、ああん？　この口がゆうたんか⁉」
「うぐっ、ハーフじゃねえ、ハードボイルドだって何回言えばわかるんだ！」
亜樹ちゃんが翔太郎の口をつまんだまま、歩き出した。
ぼくは照井竜と顔を見合わせて笑いながらあとを追った。
これこれ、この感じ。
翔太郎が復帰して、いつものぼくたちが帰ってきた。

明るい笑い声を響かせて、ぼくたちは思い出の山と海に別れを告げた。

調査報告書

禅空寺香澄が依頼した事件が解決し、それなりの月日が流れた。


今、事務所ではいつもの四人がそろっている。

照井竜のいれる旨いコーヒーがぼくたち三人に配られている。

亜樹ちゃんが翔太郎に聞こえるようにコーヒーの味を褒める。

翔太郎にとっては鳴海荘吉と同じ豆を使って自分より旨いコーヒーをいれる照井竜がどうにも許せないらしく、最近はこっそりいれる練習をしている。


机の上では翔太郎がクラシックな欧文タイプライターを叩いている。

彼がいうところの「報告書」という奴だ。

最近起きた事件のものである。

言っておくが、我が鳴海探偵事務所では依頼人に対する正式の「調査報告書」なら、ちゃんと亜樹ちゃんが製作して渡している。

翔太郎は鳴海荘吉が事件後に欧文タイプを打っているのを見、さらに古典のハードボイルド作品に触れて、探偵とはそういうものなんだと思いこんでしまったのだ。

だがぼくの見たところ、鳴海荘吉の真意は別にあったと思われる。

彼はガイアメモリ犯罪に遭遇したときだけ欧文タイプを打っていたのだろう。

第三者に読み取られにくくするために数ヵ国語を駆使して資料を残していたようだ。

それを端で見ていた翔太郎が報告書製作と勘違いしたのだ。

これを翔太郎に告げ、彼もなるほどと理解してくれたが、いまさら習慣はやめられない。

今では翔太郎のそれは、ほぼ彼の「日記」のような物だ。

しかもローマ字打ちだ。

「ore ha siritutantei da」みたいな感じで読むとなかなか笑える。


香澄さんの事件ははからずもぼくの担当となってしまった。

翔太郎の流儀に倣《なら》って、ぼくが事件後の顚末《てんまつ》をまとめてみようと思う。


犯人一派・禅空寺俊英、朝美、麗子たちはすべて警察病院に収容された。

メモリブレイクはしたものの現在も毒素後遺症や記憶の欠損に苦しんでおり、事情聴取は難航しているらしい。

メモリブレイク後の後遺症にも体質により軽い重いがあり、すぐに社会復帰できる人間も中にはいるが今回は重かったようだ。

一説によると組織の中核に近いメモリほど記憶の破壊性が強くプログラムされているら

しい。機密保持のためだ。

粗末な護身用のメモリに至っては破壊されると自爆する機能がついている物すらある。

香澄さんにとってはさらに残酷な話になるが、おそらくは禅空寺惣治の病死自体もなんらかのメモリを使った朝美たちの暗殺なのではないか、というのが照井竜の推測だ。

だが犯人たちがこんな調子ではそれを証明する日は遠いのかもしれない。

焦ることも無いと思う。いまさら失った命が戻るわけでもない。

爆破された子山の一角は、やはりガイアメモリの関連の地下施設だったらしい。

メモリ製造機の中枢はすでに撤去されていたが、その他の開発物は若干破片として回収されている。ズーのようなメモリを強化する外骨格、メモリの性能を向上させるブースターパーツなど、どちらかというとガイアメモリのアップグレード関連開発の機能が強かったようだ。

スミロドン・ドーパントが盗み去った銀色の器具にはW・CJXの結晶装甲部分・クリスタルサーバーの細胞が入っていた。

これも推測だが、当初ズー奪回を命じられ禅空寺家に赴いたゼロは、Wの出現により組織から新たな使命を与えられたのではないか。

それがサーバーのサンプル採取だ。その使命が組織にとって禅空寺家のガードよりも重要度が高いが故に、俊英は見捨てられたのだろう。

のちにこれを基に組織は有機情報制御器官試作体・ガイアプログレッサーを製作し、ぼくたちはさらに不利になった。組織がWをある程度泳がせていたのは、完成品としてのW・CJXの細胞サンプルが必要だったからかもしれない。

ZENONリゾートは大手の観光会社に売却された。現状以上の施設の増加をしない、という条件付きでだ。

香澄さんは禅空寺義蔵の研究施設と親山という元からの遺産のみをそのまま所有した。そしてグループを売却した資金の一部を使って、麓付近に美しいペンションを建て、そのオーナーに就任した。

ぼくはそれを弓岡あずさを迎えるための「家」と理解した。

彼女から完成時の写真がポストカードとして届いた。

立派なペンションの前に立つ彼女はやはりボロボロのハンチングハットを胸に抱いていた。

とても嬉しいような、恥ずかしいような気持ちになった。

シュラウドからもらったロストドライバーはぼくが保管している。

現在のぼくの技術ではなかなか手こずりそうだが、そのうち修復できるかもしれない。

結局ぼくが仮面ライダーサイクロンとして戦ったことは香澄さん以外のだれにも知られずに終わった。

それでいいような気がしていた。

やはりWが一番だ。

ぼくたちは今のままがいい。

今回の事件のぼくの一つの結論だった。

フィリップ・記

小説　仮面ライダーW
~Zを継ぐ者~

《完》

原作

石ノ森章太郎

著者

三条　陸

協力

金子博亘

デザイン

出口竜也

（有限会社 竜プロ）

三条　陸｜Riku　Sanjo

脚本家・漫画原作者。1964年10月3日生。1986年 OVA『装鬼兵 M.D. ガイスト』で脚本家デビュー。1989年漫画『DRAGON QUEST ―ダイの大冒険―』の原作を担当。2005年『ガイキング LEGEND OF DAIKU-MARYU』でTVアニメに初挑戦、メインライターを務め、以後TV脚本に主軸を置く。2009年『仮面ライダーW』に参加。TVシリーズ、劇場版、Vシネマなどを数多く手がけた。

講談社キャラクター文庫　011

小説《しょうせつ》 仮面《かめん》ライダーW《ダブル》 ～Z《ゼット》を継《つ》ぐ者《もの》～

2012年11月30日　第 1刷発行
2025年 3月19日　第25刷発行

著者　三条《さんじょう》　陸《りく》　©Riku Sanjo
原作　石ノ森章太郎《いしのもりしょうたろう》　©2009 石森プロ・テレビ朝日・ADK・東映
発行者　安永尚人
発行所　株式会社　講談社
112-8001　東京都文京区音羽 2-12-21
電話　出版（03）5395-3491　販売（03）5395-3625
業務（03）5395-3603
デザイン　有限会社　竜プロ
協力　金子博亘
本文データ制作　講談社デジタル製作
印刷　大日本印刷株式会社
製本　大日本印刷株式会社

KODANSHA

ISBN 978-4-06-314861-9 N.D.C.913 282p 15cm
定価はカバーに表示してあります。Printed in Japan

講談社キャラクター文庫

小説 仮面ライダーシリーズ 好評発売中

001 小説 仮面ライダークウガ

002 小説 仮面ライダーアギト

003 小説 仮面ライダー龍騎

004 小説 仮面ライダーファイズ

005 小説 仮面ライダーブレイド

006 小説 仮面ライダー響鬼

007 小説 仮面ライダーカブト

008 小説 仮面ライダー電王
東京ワールドタワーの魔犬

009 小説 仮面ライダーキバ

010 小説 仮面ライダーディケイド
門矢士の世界～レンズの中の箱庭～

011 小説 仮面ライダーW
～Zを継ぐ者～

012 小説 仮面ライダーオーズ

014 小説 仮面ライダーフォーゼ
～天・高・卒・業～

016 小説 仮面ライダーウィザード

020 小説 仮面ライダー鎧武

021 小説 仮面ライダードライブ
マッハサーガ

025 小説 仮面ライダーゴースト
～未来への記憶～

028 小説 仮面ライダーエグゼイド
～マイティノベルX～

032 小説 仮面ライダー鎧武外伝
～仮面ライダー斬月～

033 小説 仮面ライダー電王
デネブ勧進帳

034 小説 仮面ライダージオウ